MW01198958

La Biblia Vaquera
(Un triunfo del corrido sobre la lógica)

La Biblia Vaquera
(Un triunfo del corrido sobre la lógica)

Carlos Velázquez

El cuento titulado «La Biblia Vaquera» obtuvo el XXI Premio Nacional de Cuento
Magdalena Mondragón en 2005, que tuvo como jurado a Eugenio Aguirre.

Este libro fue escrito gracias a la beca del Fondo Nacional
para la Cultura y las Artes durante el período 2004-2005.

Primera edición en Sexto Piso: 2011

Fotografía de portada
Sylvia Plachy

San Miguel # 36
Colonia Barrio San Lucas
Coyoacán, 04030
México D. F., México

Sexto Piso España, S. L.
c/ Monte Esquinza 13, 4.º Dcha.
28010, Madrid, España.

www.sextopiso.com

Diseño
Estudio Joaquín Gallego

Formación
Quinta del Agua Ediciones

ISBN: 978-84-96867-91-8
Depósito legal: S. 1.376-2011

Impreso en España

Para Celeste Velázquez:
palomita blanca de piquito colorado

ÍNDICE

Podía ver la gran Biblia *de neón iluminada en la iglesia del predicador. Quizá también esté encendida esta noche, con sus páginas amarillas, las letras rojas y la gran cruz en el centro. Tal vez la enciendan aunque el predicador no esté ahí.*

JOHN KENNEDY TOOLE

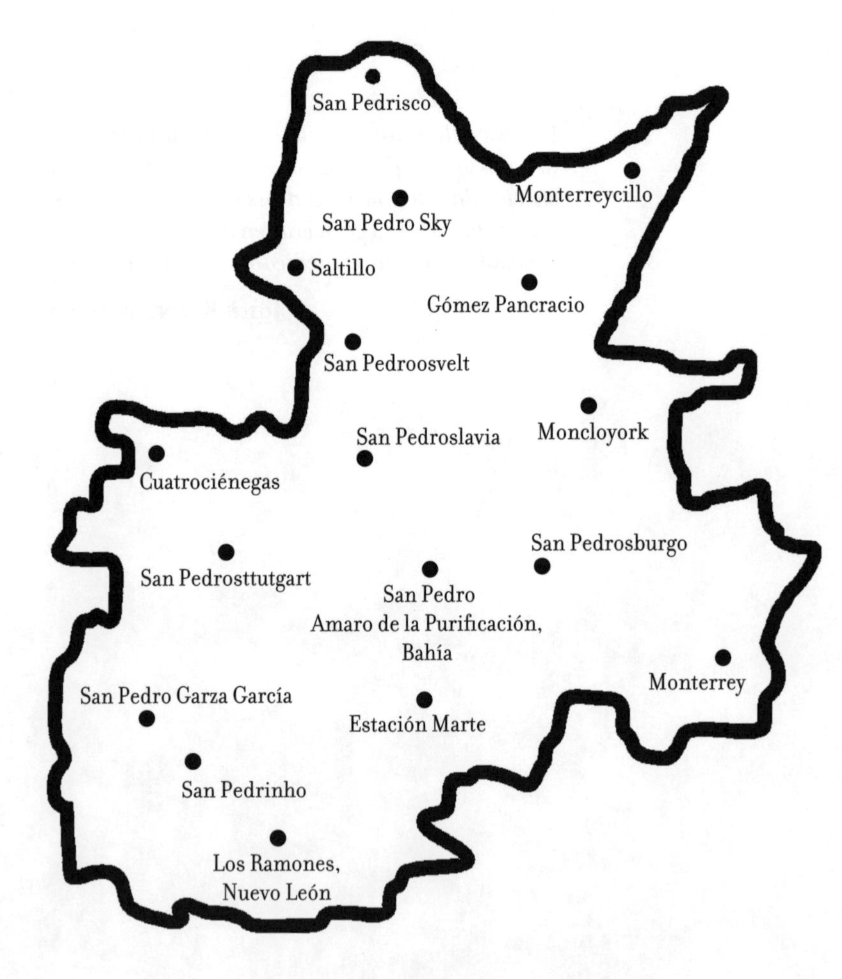
San Pedrisco
Monterreycillo
San Pedro Sky
Saltillo
Gómez Pancracio
San Pedroosvelt
Moncloyork
San Pedroslavia
Cuatrociénegas
San Pedrosburgo
San Pedrosttutgart
San Pedro
Amaro de la Purificación,
Bahía
Monterrey
San Pedro Garza García
Estación Marte
San Pedrinho
Los Ramones,
Nuevo León

PopSTock!

FICCIÓN

LA BIBLIA VAQUERA
(FICHA BIOBIBLIOGRÁFICA DE UN LUCHADOR DIYEI SANTERO FANÁTICO RELIGIOSO Y PINTOR)

Para José Alfredo Jiménez Ortiz

Nací en una esquina. En una arena de lucha libre. En Gómez Palacio. Soy lagunero. Soy rudo. Soy un Espanto.

Siempre viví en San Pedro Amaro de la Purificación, Coahuila. El mejor western de mi infancia, rue des Petites Epicuros, París, julio, 19**, era ver a mi padre enmascarado tocar su viejo saxofón de plástico arriba del cuadrilátero. Se llamaba Eusebio Laiseca. Pero era conocido en la noche de Belgrano como el Espanto I, accionista de la compañía RCA. Además de luchador grecorromano y de su aflicción por las nalgas de Raquel Güelch, formó parte del famoso dueto de música norteña El Palomo y El Gorrión.

Pisé la arena Olímpico Laguna a los cinco años. Aún recuerdo a mi padre improvisar con las espaldas planas sobre la lona un tema de frí con su doble cuarteto. Ese día, entre las doce cuerdas y las cuatro esquinas y antes de que Don Cherry se lanzara desde la tercera con su trompeta de juguete, desfilé por mis obsesiones. La primera, el burladero símbolo de bar que es la máscara de mi padre, y la segunda, la Biblia que me regaló cuando derrotó al Santo, el Enmascarado de Plata. Latinoamericana y de bolsillo, forrada de mezclilla. Una lindura de color que oscilaba entre el intenso azul Blue Demon y el de los pantalones Levis 501 sin deslavar. Mi padre la bautizó como La Biblia Vaquera* y ya no pude separarme de ella. Se convirtió en mi blánquet. Era yo un nuevo Linus. El Linus del ring neón.

* A.k.a. The Country Bible.

A los dieciséis vi morir a dos yonquis: Espanto I y Espanto Mi padre me heredó su máscara, la capa y unas botas hechas mano por grupis anglosexuales. Yo no abandoné mis estudios. Licenciatura en análisis y discrepancias del Lado B, el Bonus track y el Track oculto. Una noche, mientras trabajaba en mi tesis sobre la influencia que ha ejercido la técnica mp3 en la elaboración de trajes de luchadores de imitación, El Joven Murrieta anunció en el noticiero de las diez la continuación de una leyenda, la aparición en cartelera del Hijo del Santo. Entonces me subí a luchar.

Debuté un domingo 21 de diciembre. Mi padrino fue el Yelero Aguilar. Lucha semifinal. Relevos australianos. Los Ministros de la Muerte I y II y Espanto Jr. vs. Tony Rodríguez, Caballero Halcón y Pequeño Halcón. Réferi: Sergio Cordero.

Subimos al ring acompañados por edecarnes internacionales. Las Primas, grupo femenil de argentinas que cantaban: Saca la mano Antonio, que mamá está en la cocina. De música de fondo sonaba Never let me down again de Depeche Mode. Ahí se definió mi estilo de lucha. Lo que después la banda llamaría Kitsch Retro Neo Vulgar. La experimentación que me llevaría a programar a Ministry con Rocío Banquells y a Los Ángeles Negros, Los Terrícolas y Los Caminantes con María Daniela y su Sonido Láser.

Ninguna arena de lucha libre cuenta con clima artificial, estacionamiento o baños limpios. Debido a que gané el Primer Concurso de Instalación Coahuila 2002 con un conjunto de jaulas que denominé Primeras adolescentes, la crítica me calificó de fan de Technologic, nuevo video de Daft Punk. Otro sector, no enfurecido por la escandalosa ascendencia de mi fama, me clasificó como el niño genio de la pintura lagunera.

La Biblia Vaquera es como las Matemáticas Negras o como un Little Brown Book. Antes de cada pelea, en el vestidor abría mi Biblia frente a un altar dedicado a Yemayá, Eleguá, Changó, Ochún y Obatalá. Ofrecía en sacrificio cualquier sencillo pop que sonara en la radio y me comía su corazón de pollo. Era un privilegiado de la santería. Los dioses cubanos me protegían en mis combates.

Porque Gómez Pancracio ha sido siempre un exquisito faisán productor de luchadores de aroma, mis exposiciones individuales y colectivas crecieron en proporción con mis detractores. El comisionado de box y lucha en declaración sublime me condenó a una gira por el circuito Torreón-Gómez-Lerdo.

Los Ministros y yo triunfamos en todos los antros. En el Auditorio Municipal, catedral del costalazo, despojamos de sus máscaras a Los Diabólicos I, II y III. Tripleta de hermanos que atendían una carnicería en el centro de Gómez Patricio. Mi apoderado, pendiente de que tuviéramos un efectista cartel, nos consiguió una lucha estelar, la última como mosqueteros, pues sabía que debía abandonar la formación clásica de power-trio: bajo, batería y guitarra, para lanzarme como solista.

Mi primera presentación en apartado fue en el Coliseo Laguna. El espectador de lucha no es distinto al cinéfilo o al que asiste al balet. Están hambrientos por mentarle la madre al árbitro, por bañar de orines al abanderado. Entonces comencé a sufrir el síndrome de abstinencia. Era un mano a mano contra el Gran Markus. En la oscuridad de mi vestidor, poseído y desnudo, sacrifiqué un single de Mecano. Sentí malilla por la necesidad de Los Ministros cuando me trepé al ring con La Biblia Vaquera en mano. La presumí al público, a los bomberos, la policía, la prensa. Coloqué la mano sobre mi coraza y prometí cumplir con la Ley de Murphy. Sonó la campana y el Gran Markus me dijo Quita tu chingaderita Wrangler y vamos a jugar billar. Lo derroté en dos caídas. La primera y la segunda.

Mis contrincantes siempre eran rudos o exóticos. Mi mánayer y San Juditas Tadeo, si no te callas te madreo, decían que un gladiador que como yo va por todas las tortas ahogaperros, no malgasta sus indulgencias en coreografías convencionales. La sangre debe salpicar las butacas y manchar a las rubias.

La angustia existencial que acompaña a los luchadorcitos de hule sin romper el empaque me motivó a escribir y me posesioné no sólo como el crítico de artes plásticas más joven de la ciudad, sino como el primero y, hasta la fecha, el único. Mi columna Contemporánea permanece vigente, aparece los jueves en el periódico Milenio Laguna. Como catador de obra pictórica fui implacable. Me convertí en el verdugo local.

Mi siguiente exposición fue en la plaza de toros. Me enfrenté a Blue Panther, el maestro lagunero. Una lluvia itálica caía desde el inicio de la función y la edecambre se negó a salir sin paraguas. Abandoné el vestidor abrazado de una muñeca inflable. La ovación fue catastrófica. Parecía el Territorio Santos Modelo, casillero de los Guerreros del Santos Laguna. No se veía nada parecido en la lucha libre desde que Huracán Ramírez saliera con la Tonina Jackson. La plaza es un terreno apropiado para la experimentación. La arena del ruedo y la intemperie permiten expandir las técnicas de jazz-rock-fusion y ensayar otras con el funk.

Una minigira por San Pedroslavia y Pancho I. Mamadero me preparó para una más extensa por las arenas de barrio de Piernas Negras, San Pedrosburgo, Monterrey y Estación Marte. Jugué en casi todas las posiciones: cácher, jardinero central y en solitón. Estaba en condiciones de participar en una revuelta de relevos atómicos a beneficio de la Cruz Roja, todo se lo debía a mi mánayer y al Santo Niño Anacleto.

El archivo municipal propuso que por mi guarrito glamur en la mezcladora, las tornamesas y el escratch, me concedieran el Premio Estatal de la Juventud. Competí con artistas, roqueros, escritores, pero el gobierno del estrado me lo concedió por mis aportaciones a la cordura popular atemporánea. La comunidad gutural protestó. En especial el grupúsculo frívolo de condecorosas damas de sociedad, a quienes etiqueté La Vanguardia Cacerolera y denosté como a correosas salchichas para asar marca Ponderosa, damiselas copetonas que elevaron el taller de repujado al rango de filiación artística. Cómo que se lo otorgaban a un luchador. A un rudo. De jodido se lo hubieran dado a Martín Mantra.

El reconocimiento, es natural, tanto en la salud como en la enfermedad me proporcionó un carpazo de estrella del pop.

El enroque de envidia que atiricia a todo comarcalaguneros
animó a hacer de la burla su estofa y me pusieron un apodo
tado, inmejorable, leonero, el más fiel a mí mismo: La Di

La batalla entre voluntarios de la Cruz de Olvido se programó en Gomitos. En la Olímpico Laguna. Final de lujo. Relevos vintage. Hijo del Santo, Fishman, Dr. Wagner y Acuario vs. Pimpinela Escarlata, Sexypiscis, Súper Súper Súper Súper Porky: Brazo de Plata y Espanto Jr.

Para atender al hijo del que filmó los salmos como cliente consentido de taquería, dibujé un pentáculo en mi vestidor y en el centro deposité un cedé de Mariana Ochoa. Cuando me enteré de que jugaría unas vencidítas con mi protorrival, apelé a toda la brujería que un luchador santero puede codificar por Sky.

Como ya era de rigor, aparecí en el entarimado con La Biblia Vaquera en alto. De música ambient sonaba Amor de la calle en versión de Juan Salazar. La bronca fue capturada para la televisión. La fracción dura de la lucha libre mit la fracción dura de la lucha libre. El pleitazo alcanzó raitin de programa de diyéis fanáticorreligiosos. Nos descalificaron. Al rito de los rudos los rudos los rudos, el Médico Asesino saltó de la segunda fila vestido de civil y madreamos al Hijo del Santo hasta romperle la máscara y confiscarle la sangre de mártir, enrochados por los gritos de los ocurrentes: chínguenlo, chínguenlo al pinche enano.

Tomé el micrófono y reté al Hijo del Santo por el campamento. Todo santo merece su capilla. Público. Público. Reto al Hijo del Santo por el cinturón. El enano madreado se acercó a la cabina y agarró el micro. Acepto. Acepto Espanto Jr. No eres pieza. Sólo en montón puedes. Tú solo no eres pieza Espanto Jr. Con esas lonjas que tienes, que ningún cirujano te quiere operar, no eres pieza.

Los multicitados compromisos del enano de plata orillaron a los promotores a programar el concierto hasta después de que volviera de su gira de dos meses por Japón con Savoy Brown. Mi apoderoso y San Juditas Tarareo concertaron que había que darle mantenimiento al aparato de aire, ponerle un flotador nuevo, echarle aceite a las chumaceras y cambiarle la paja. Un asunto con fines de lucro. Y para hacer más atractivo el desplante y llegar con más currículo a la pelea.

La primera máscara que arrebaté fue el Premio de Adquisición de la DCCCXLVIII Bienal de Arte Nuevo del Estado de Coahuila. A partir de eso las vitrinas de la lonchería de mi casa aumentaron en especie y variedad. En mes y medio de capacitación docente crecieron mis acciones en la bolsa. Invertí en pirotecnia tailandesa y comencé a fumar habanos de a doscientos cuarenta y cinco pesos. Espléndidos.

Arranqué una cabellera. El Premio Estatal de Periodismo Coahuila. Mi tránsito por la libre: prolificote. Era la sensación grupera. Una mezcla entre Lidia Ávila y Martha Villalobos, la más ruda, salvaje y sanguinaria de las luchadoras lesbianas de la industria porno.

La segunda mascarita que me amerité fue la beca del Fondo Estatal para la Costura por las Tardes de Coahuila en la categoría de investigación artística. El proyecto fue la escritura de un ensayo total, el libro definitivo que interrelacionaría mis conceptos teóricos sobre la tornalucha libre, la arquitortura y la música electrónica con las bodas de rancho.

El fin de semana anterior a que regresara el enano platero tuve mi último agarre de preparación. Fue en la galería de la Alianza Francesa. Nombré a la exposición Morir en los desiertos. La prensa me consintió, dicen los malintencionados. Que se portó benévola conmigo. Es mentira. Sólo reconocieron mi talento. El comentario por el que más me aborrecen es el de Ignacio Echevarría de El País: Espanto Jr., el magnate absoluto del imperio del hip hop.

Apaniqué al enano enmascarado. Antes de largarse, yo era un terroncito de azúcar morena sin refinar y volvió a meterse a la jaula con un mafioso terrorista motorizado. Haría falta algo con más toxinas que un látigo y una silla para evitar que le arrancara la cabecita de póquet trumpet que tiene.

La moda impuesta por las bodas de los famosos se estiró a todos los círculos del entretenimiento y el tedio masivos.

Vendieron el combate como vil puesta en escena a una televisora que para darle en la madre a la competencia la trasmitió por cadena abierta. Nada de peiperviú.

El espectáculo se llamó Maldita Primavera. La arena estaba de bote en bote. La voz de Yuri proveniente de las bocinas del jom títer se confundía con los gritos de los vendedores y la muchedumbre famélica, delirantota y borracha: sodacerveza. Lonches jediondos. Gorditas con cólera.

Apareció primero en pantalla El Hijo del Santo. Su sécond era el Solitario. El mío mini Espectrito. Dejé el placard rudo saturado de humo. Había ofrendado tres elepés de Pandora que quemé entre convulsiones, cánticos intraducibles y oraciones de estampita recogida en la carretera.

Salí vestido de seminarista cartesiano. Apenas me vio con un pie rumbo al ring, el encargado de sonorizar las emociones de los apasionamientos a la lucha puso una canción de la tremenda Sonora Dinamita.

> Ae ae ae ae.
> Ae ea.
> Ae ae ae ae.
> Ae ea.
> Llorá corazón llorá.
> Llorá corazón llorá.
> Llorá corazón llorá que tu lagunero no vuelve más.

Lucharán de dos a tres caídas sin límite de tiempo por el campeonato nacional güelter. En el extremo rudo, el orgullo de la Comarca Lagunera, La Diva: Espanto Jr. Por el bando técnico, El Enmascarado de Plata, El Hijo del Santo.

> Ya se va tu lagunero, negra.
> Se va para no volver.
> Ya se va tu lagunero, negra.
> Se va para no volver.

Antes de que se oiga, de que suene la campana, un niño se acopló junto a las cuerdas para tomarse una foto conmigo y una sexosa mujer se acercó a darme un beso. El local estaba dividido. La *pop*ularidad del enano no convencía a los facinerosos y alegadores ocupantes de la planta alta y los precios populares, consumidores de puro lonche de mortadela.

Empezó la querella, me planté en el centro de los cuatro postes, abrí mi Biblia Vaquera y comencé a predicar en yoruba. Lengua negra, hijo de Espanto, cumbianchero, tenía al público embelesado y me apoyaban. Mátalo. Mátalo Espanto Jr. El sermón continuaba.

Jesus gonna be here.
Gonna be here soon.
You gotta keep the devil
Way down in the hole.

Dominé al Hijo del Santo en tres caídas. Ni el tope suicida, ninguna llave, ni la de a caballo me doblegaron. Biblia Vaquera y cinturón en mano, macicé el micrófono con mi voz de maniático predicador callejero. A ver tú, enano protagonista de películas camp, te reto a una lucha máscara vs. máscara sin ampáyer. Solos. Extrayéndonos el cuero de las correas. El actor de guiones rascuaches contestó Acepto Espanto Jr. La semana que entra, aquí mismo, a una sola caída.

El jueves, día institucional para la práctica del ilustre deporte en Gomitos, recibimos la noticia de que la Olímpico Laguna estaba vetada. El motivo era que el público de la primera división arrojaba demasiados objetos a la cancha. Sucede con frecuencia en el balompié. El partido se realizaría a puerta cerrada y se trasmitiría por cadena nacional.

La arena estaba vacía. Sólo los séconds ingenieros de sonido custodiaban las consolas. Subimos al ring al mismo tiempo. Cada uno ocupó su lugar en su esquina. Detrás de las tornamesas.

No fue una lucha cardíaca ni dramática. Mi oponente arrasó conmigo. Era un hijo de papi. Su colección de viniles europeos marcó la superioridad. Era inmensa. Amplísima. Más de dos mil quinientos listos para disponer de ellos y animar una noche entera a la multitud rave.

Yo me esforcé por extractar lo mejor de mi material. Por más yuxtaposiciones malabares de género que realicé, sampleos, programación, efectos, el repertorio del enano y sus habilidades me opacaron de manera rampante. Todo su equipo era de primer nivel. Las agujas, los audífonos, todo importado.

El sacrilegio cometido dos horas antes, el apuñalamiento de decenas de discos, no funcionó. La Biblia Vaquera tampoco respondió. La estrujé, le imploré, la maldecí y fracasé.

No esperé a que una autoridad en la materia me exigiera que me despojara de mi máscara: perdí y yo mismo me la quité frente a la cámara. Pronuncié mi nombre y mi profesión de sociólogo y le aventé su trofeo al ganador.

Camino al vestidor rudo, coloqué La Biblia Vaquera en el tercer asiento de la primera fila y me alejé con la idea de retar al Hijo del Santo dentro de un mes a una lucha máscara vs. cabellera, en mi tierra, en San Pedro, Bahía.

BURRITOS DE YELERA

La Cuauhnáuac era la cantina más famosa del condado por tres razones: la primera era la yerba, la segunda el nombre y la tercera los burritos que se vendían afuera.

1. La yerba era sotol curado con hojasé, menta, yerbabuena, semillas de calabaza y guayaba.

2. El nombre fue en honor de la mítica ciudad que se hundió en el mar.

3. Y los burritos eran de machaca. Dieta base.

De todas las cantinas del centro, la Cuauhnáuac poseía el título de contar entre su clientela con un borrachín que ostentaba el récord de haber bebido más copas de sotol en una peda: dieciocho. Dobles. El campeón indiscutible era La Biblia Vaquera, vendedor de burritos, y había refrendado su cinturón por dos años consecutivos.

La atracción de la yerba consistía en que después de curada perdía toda su pelechez. La guayaba le daba un sabor matón. La gente la probaba y rápido le encontraba el gusto. Bajaba suave por la garganta, a los tres minutos pedían una segunda ronda y a los seis shots salían a gatas.

La yerba se convirtió en una moda. Una reportera de El Norte, mientras buscaba una nota sobre el transporte público, sintió curiosidad al ver a tantas personas congregadas afuera de un tugurio. Su fashion periodístico le sugirió el escándalo, el amarillismo. Entró y sufrió el desconcierto de encontrar un trato familiar y un ambiente agradable.

El cantinero le sirvió una copa sencilla. La bebió con cautela, pero el sabor de la guayaba hizo que le perdiera el miedo. Pidió otra y otra y otra. A la cuarta se quedó dormida, ebria sobre la barra a las cinco de la tarde. Cuando despertó, su reloj marcaba las doce. Tardó en volver y decidió que su reloj se había estropeado. No. Afuera la noche le confirmó que la atrofiada era ella. La cantina seguía bullente. Sintió alivio al descubrir que no la habían violado. Y no es que ninguno de los asistentes no la deseara: el lugar estaba lleno de los carademaniático-sexualreprimido habituales en un establecimiento que vende a cinco pesos el trago, pero todos le temían al cantinero. Y no tanto al cantinero: al machete que guardaba debajo de la barra. El encargado del congal odiaba que molestaran a sus clientes, y además era un ladies' man, dispuesto a defender a las femmes, fueran fatales o no. La reportera pidió la otra, sacó de su bolso una libretita y comenzó a tomar apuntes.

Al día siguiente apareció una nota en las páginas centrales de El Norte, la Cuauhnáuac ocupaba toda una plana. La promoción atrajo nueva clientela. Entre ellos, aficionados a la bebida, intelectuales de medio pelo, universitarios alcohólicos y un sinfín de raros vagos autodidactas trompetistas.

Todas las cantinas del sector que vendían yerba, al ver la popularidad, imitaron el estilo de curarla de la Cuauhnáuac. Ninguna igualó la receta. Los ingredientes eran los mismos. Pero como en todos los asuntos de gourmet, el éxito se lo atribuían a la mano chaquetera del cantinero.

El rock & roll duró poco. En menos de seis meses la Cuauhnáuac dejó de figurar en las marquesinas de lo in. Sí se mantenía el flujo considerable de asistentes, pero se extrañaban los personajes que durante el apogeo le habían otorgado a la cantina un toque trendy. Desprejuiciado. Farandulero.

Para evitar que la fama se diluyera, el cantinero contactó a la muchachita periodista y le solicitó un paro: salvar a la cantina del anonimato creando el Primer Concurso Cuauhnáuac. La competencia consistía en quién bebería más copas de yerba en una sola sesión. Se fijaron tres premios. El primero obtendría cinco mil pesos, el segundo tres mil y dos mil el tercero.

La convocatoria atrajo la atención de todos aquellos que aún eran capaces de dejarse seducir por el folclor. Se inscribieron veintitrés participantes y la competencia no duró más de media hora. Con un total de dieciocho copas dobles bebidas y sin vomitar, La Biblia Vaquera se acreditó el primer lugar.

Al año siguiente, el segundo certamen también lo ganó La Biblia Vaquera. No tuvo necesidad de repetir la hazaña, su rival más próximo había perdido el conocimiento en la treceava copa. En la catorce, La Biblia se detuvo y brindó con una cerveza.

Para el tercer año, el concurso cobró proporciones oscuras. Las cantinas del sector habían surfeado bajas. Algunos cerraron, pero los más férreos utilizaron el torneo para realizar apuestas. Al principio, en el año dos del concurso, las sumas de dinero se amortiguaban entre los cinco y los diez mil pesos. La cosa se salió de control cuando la mafia local se entrometió en el bisne. Aburridos del box, de las peleas clandestinas de perros, de las ruletas, al enterarse de la peculiaridad de la competencia mudaron cierta porción de sus ganancias al asunto de la yerba, a la sangre nueva.

El monto del premio aumentó para su tercera edición. El bono para el primer lugar se estableció en diez mil, el segundo en cinco y el tercero en tres. También la expectación creció. La entusiasta periodista promovió el espectáculo y la cantidad de curiosos que se esperaba rebasó los dos mil. Con tres meses de anticipación, se elaboró una lista vip. La capacidad del local se reducía a sesenta personas.

Los planes comenzaron a brotar con la espontaneidad que proporciona la existencia del dinero. San Pedro, el capo y cabecilla del narco local, el más pesado de la escena, planeó apoderarse de la cantina para manejar las apuestas. Después se arrepintió. Prefería la competencia real. No le costaba ningún esfuerzo apropiarse del lugar. Tenía el dinero para comprarla y si el propietario se rehusaba a vendérsela lo podría matar, lo podría desaparecer.

La pugna por el control del dinero estaba definida. Don Lucha Libre era el efectivo. El minotauro de la coca en el oriente de la ciudad. Controlaba parte del centro, administraba las apuestas y mantenía a favor la balanza. La Biblia Vaquera formaba parte de su cartel. Era su gallo.

Todos sabían que nadie sería capaz de vencer a La Biblia en un duelo de lingotazos de yerba. Sin embargo, eso no le restaba atractivo a la fiesta. Una hábil campaña, la que ha resultado más contundente desde siempre, la de boca en boca, aseguraba que San Pedro tenía un rival digno, un pura sangre y metralla.

Era mentira. Nomás los iba tanteando. San Pedro quería pasar encima de don Lucha Libre. Pero sabía que la cantina era intocable. En el momento en que atentara contra cualquiera de las figuras centrales del chou, todo se derrumbaría, los apostadores se retirarían y el año se perdería sin ganancias, sin suerte. Por eso el alazán. El distractor.

La Biblia Vaquera pasaba por su mejor momento alcohólatra. Su resistencia era la mejor registrada en los libros. Comenzó a beber a los catorce y su capacidad no menguaba. No entendía de dónde provenía su resistencia. A los dos meses de la competencia realizó una prueba. La primera copa y las doce que le siguieron nada le rascaron. Se empinaba la número catorce cuando el cantinero, su mánayer, lo detuvo. Basta le dijo. Es suficiente. A las duchas. La demostración auguraba que en una buena tarde La Biblia consolidaría un rankin de veinte a treinta copas dobles.

San Pedro ansiaba ser el nuevo marqués de las bolsitas. Tenía todo para representar el papel: contactos en la Judicial, camioneta llanta ancha estilo narcobarroco y crédito en Sinaloa. Sólo lo frenaba don Lucha Libre: el viejo minotauro llevaba años en el negocio, y no era fácil adueñarse del laberinto que eran sus puchers en las calles del centro.

Para convertirse en el Cristóbal Colón de la distribución al menudeo y el pesaje ciego, planeó sobornar a uno de los allegados a don Lucha Libre. La lista de los descartados incluía al cantinero y, obvio, al aspirante al título. El único blanco disponible era Sussy, la esposa de La Biblia Vaquera. La mujer que con muchos sacrificios hacía los burritos para que él se la viviera de borracho, estropeando el evangelio. San Pedro sólo disponía de un naipe y pidió mano.

Sussy resultó una blanda. Odiaba la celebridad de su marido. Con rabia rememoraba la época en que comenzaron juntos el negocio de los burritos. La Biblia siempre fue un bebedor nato. Sussy aguantaba las carnitas. Le valía madre que fuera un alcohólico. Ella confiaba en que con la vendimia podían sostener sus aficiones. Nunca les fue mal. Preferible burritos que tamales. Era menos chinga. El primer día de venta despertaron temprano, Sussy preparó los guisos y él fue a comprar una yelera. Azul. Marca Iglú. Con capacidad para doscientos burritos envueltos en papel encerao.

La Biblia Vaquera conocía al cantinero de la Cuauhnáuac desde la infancia; habían hecho juntos la primaria y el servicio militar. Cuando el futuro campeón descubrió que su compa tenía un tugurio, se convirtió en clientazo. El cantinela le dio chance de ponerse afuera a vender burritos. Desde la primera noche, los borrachines arrasaron con la yelera.

La prosperidad fue engañosa. La mitad de las ganancias se desperdiciaba en las cuentas que La Biblia Vaquera pagaba en la cantina. Salió bueno pal combustible. Luego vino la fama y él se negaba a ayudar en la manufacturación de los burritos. Sussy hizo un último esfuerzo por salvarlo de la improductividad, pero fue inútil. La Biblia se había convertido en un rockstar del subte, se paseaba todo el día por la Cuauhnáuac con unos lentes negros, pelo largo, barba de dos semanas, sandalias, bermudas y cerveza en mano.

Cuando San Pedro le planteó el bisne, Sussy se destapó como una negociante estéreo y una mala enfermera. Estaba dispuesta a cooperar, pero reclamaba una porción importante de la cazuela, abundante y con mucho lomo. La respuesta de San Pedro fue tajante. Nel. Ni le daría esa suma ni le permitiría apostar. Era territorio reservado para la gente pesada, ni a los narcomenudistas nasty se les autorizó. Sólo la banda marrana más uno que otro excéntrico que tenía luz verde para pasar tráilers por la frontera aparecían en la lista. La inclusión de una desconocida provocaría sospechas. Y el cocinero advertiría que uno de los ingredientes arruinaría el guiso.

Sussy le dijo a San Pedro que no fingiera, que tirara paro de meterla a las mesas de apuesta. Si quieres ganar, inclúyeme. Fue una indirecta para el narco, un insulto. Sin embargo no se airó. Recordó una de las bases de la convocatoria del hampa: ninguna simpatía por el diablo. Cerraron el trato: un lugar en la tercera mesa. Le habían quitado la correa al perro. Sussy se comprometió a eliminar a su esposo. El pobre infeliz no va a poder ni levantarse el día de la competencia.

Al arrancar el año el cantinero le sugirió a La Biblia que emprendiera dieta. Un cuidado para el estómago. Nunca. Nunca La Biblia Vaquera tomaría precauciones. Eso no es de hombres. Durante tres años se había alimentado de burritos de machaca y no modificaría su régimen. La sazón de Sussy lo había hecho lo que era. Los burritos eran su Special K.

El renombre del burritaje fue proporcional al de la Cuauhnáuac. Se extendió por todo el poniente de la ciudad. Y como ocurre en estos traumas, no tardó en presentarse la posibilidad de expansión. El primer gran pedido lo efectuó una adolescente panista a la que le pareció pro repartir burritos de yelera en su cumpleaños.

Sussy no contaba con nadie que le ayudara. La Biblia le dijo sí pero luego se rajó. Ando bien crudote, vieja. Chíngale tú, chance y si te quedas despierta toda la noche acabalas. Burritos más burritos menos, Sussy sacó sola el encarguito. En calidad de mientras, La Biblia Vaquera se la pasó toda la tarde en la Cuauhnáuac haciendo sombra. La fecha se aproximaba. Los rumores de un oponente de su categoría le exigían profundizar en el entrenamiento.

En las siguientes dos semanas la microindustria del burritaje maestro registró más movimientos bursátiles. La chica del cumple corrió la voz entre sus amigas, los burritos de la Cuauhnáuac eran los más chidos. Para seguir simpatiquísimas, varias alumnas chics de la facultad le pidieron a sus papis una fiesta de burritera. Yo te los hago, le dijo una mamá a su hija. No, cómo crees. No tiene ciencia, hija. Sí, pero mamá: tienen que ser de la calle. ¿Sí me entiendes?

La lista de pubertas se incrementó y la Sussy no la guisaba sola. A una semana del concurso de la yerba la publicidad aumentó de categoría, el narco quería su propio Las Vegas en Madero y Villagrán e invirtió más lana en propaganda. La Biblia dedicó la siguiente semana a concluir su preparación en el cerro de La Campana.

San Pedro empezó a habilitar presión en la Sussy porque La Biblia no interrumpía el entrenamiento. Pintaba para reelegirse como el ídolo de los despatarrados, el cónsul de los lumpendepravados, el idiota bebedor que lo haría perder miles de pesos. Así que mejor alterar el motor del carro. No podemos perder.

Sussy dudaba de poder cumplir con el acuerdo. La fabricación de producto ambulante la dejaba agotada, inservible para planear la conspiración que perpetraría en contra del padre de sus hijos invisibles. No sabía qué hacer para evitar que su viejo se presentara al partido.

La Biblia volvió del cerro con una condición física que les aseguraba la victoria. Don Lucha Libre quería pagarle un viaje a Liberia a que terminara de ponerse pimp. Pero desistieron, el contrincante seguro ni había viajado a Villa Juárez a concentrarse. Con una echadita en el espá de los arrancones, seguro que La Biblia Vaquera no se les desvielaba.

El día de la regata llegó. El debraye se regó por todo el centro de la ciudad. A las diez de la mañana un desfile inauguró de manera oficial el desmadre. Lo encabezaba la caravana Coca-Cola, osos polares incluidos. Los encargados de logística advirtieron al narco que haría el ridículo. Nos vale madre, lo que sobra son osos, soltaron con burla. Para ellos todo el año era navidad y año nuevo. Además cómo nos vamos a hacer notar sin los camiones rojos. Cuándo se ha visto que la gente no voltee a ver los focos de colores de los pinches camionsotes, con sus latotas de refresco pintadotas a los lados.

A mediodía, se inauguró un festival de apuestas en la Plaza de Armas. Contó con muestra gastronómica, yerba gratis e intervención de grupos de cumbia y música norteña. A las seis de la tarde, el escenario cerró con Valentín Elizalde. La gente ya andaba peda y ensabadada y todos, incluidos los de los puestos oaxaqueños de fritangas, se aglutinaron afuera de la Cuauhnáuac.

Como en toda gala, hubo red cárpet. La estrella que condujo el evento fue la directora de la revista Furia Musical. Entre los asistentes destacaron las personalidades de Carmen Salinas y el cantante de la banda Mocorito de Nilo Gallardo. También estuvieron presentes el representante general del jugo Noni en México, el director técnico del Santos Laguna y la gloria local, desfasada de la primera generación de La Academia: Wendolí.

El publicó estaba sediento de ver a los enmascarados morir en el escenario. De las bocinas salía la famosa rima rapera de Chico Ché: El Santo, el Cavernario, Blue Demon y El Bulldog. La cerveza se derramaba como en la epifanía de cualquier irlandés con glaucoma.

Se presentaron treinta y dos participantes. Dos renunciaron cuando supieron que la prueba del traje de baño no se efectuaría. Todos ocupaban sus puestos. El rival de La Biblia Vaquera se comportaba como un nadador ansioso, de ésos a los que los nervios hacen saltar al agua antes del disparo. El único ausente era el campeón, el que presumía el título de menor velocidad en pista. Récord mundial e imagen de la Gatorade. La raza lo apoyaba. Estaba en su derecho de hacerse el picoso, no todos los días se escribe una de las novelas ejemplares.

La limusina ya estaba afuera de la casa de La Biblia con el motor encendido. En el interior, de rodillas, vaquerísimo, en una capilla improvisada al estilo Malverde, el campeón rezaba. Encomendaba la pelea a san Juditas Solfeo. Pedía con canciones que si no regresaba vivo cuidara de su familia.

Con solemnidad, se levantó y se encaminó hacia su recámara. Tomó el traje de charro y el casco e irrumpió en la cocina. Antes de cada película cumplía con el ceremonioso acto de comerse unos burritos de yelera. Tenía que ingerir algo grasoso para aguantar el sotoleo. La Sussy no le dio del guiso de la cazuela. De entre sus medias cuadriculadas sacó cuatro burros de chicharrón que había ranciado a propósito para ese día. Los encueró de papel y los aventó al comal. Calientitos, como comida de astronauta, los envolvió en unas servilletas y se los dio a La Biblia Vaquera, máster del burritaje.

Se los empaquetó. El mundo del hampa necesitaba entretenimiento. Carne fresca. De ser preferible diezmillo o tasajo. Sussy no quiso acompañarlo. Se resistía a subir a la limusina. Cómo voy a ir vestida así, además tengo que entregar un pedido en casa de una doña, si no su princesita va a berrinchear en plena quinceañera.

Camino al duelo, los burros empezaron a hacer efectos en La Biblia. No fue necesaria la digestión. La limo se orilló y el campeón reventó la vianda. Parecía que en lugar de harina con chicharrón se había atascado con un caldo de pata de puerco. La guácara le dolió como si por su garganta hubiera pasado la manita de puerco entera, sin pediquiur, con pelos y todo el lampreado.

Don Lucha Libre, impacientoso, marcó al teléfono de la limo. Carajo cabrones, ónde andan, por qué chingaos no llegan. El chofer, guardanalgas de La Biblia, le contestó muy afectado, el Kid se descompuso patrón, está vomitando. No puede ser. Chingada madre. Llévalo al depa. Voy para allá. No se lo digas a nadie.

El champion de la competencia de quién levantaba más teleras de pan bimbo con un dedo, entró al depa tembloroso. Sudaba frío. Una fiebre de cuarenta y cuatro grados le rostizaba el menudo. Se tumbó en la cama.

Sussy, una vez preparado el embarque, se puso el vestido nuevo que San Pedro le había mandado. Las seis yeleras cupieron en un taxi. El viaje le costó cincuenta pesos. Cumplió con el compromiso y la doña le elogió el traje de noche. Qué guapa, Susanita. Salió con el pago. Se veía bien buena. Parecía la mujer de un narco.

Abordó otro taxi hasta la Cuauhnáuac. El tumulto que provocaba la pachanga se veía desde cuatro cuadras antes.

Camionetones marca Conéstalevantonalgas formaban una larga pared de modelos del año. Los autos continuaban su arribo y la gente tapiaba la calle por completo. Eran una turba grupi. Bajaban de los árboles, salían de las alcantarillas, de debajo de las piedras.

La seguridad estaba gruesa, puro exconductor metido a guarrura. Sussy tardó diez minutos en llegar a la cadena que separaba a los elegidos de los indeseados. Era difícil decidir cuál performance resaltaba más lo grotesco. Un concurso de embrutecimiento tapatío o ver a los narcos advenedizos de la economía subterránea, enanos incluidos, asistir a las luchas de lodo en bikini de una clase soterrada, sin crédito en Fonacot.

El nombre de Sussy no figuraba en la lista. Bien me lo decía mi madre, nunca confíes en un narco y menos en uno que de chiquito tuvo puras canicas de agua. Si su nombre no aparecía entre los invitados, menos entre los apostadores. Puerca vida, puerca miseria.

Vagó por los alrededores de la cantina durante media hora. El cantinero se asomó a la entrada, le achacaban fraude. Había dado pases de cortesía y vendido membresías sin autorización del narcofisco. Vio a la Sussy y le gritó Tú, qué chingados haces ahí, métete pa la cocina que no nos damos abasto para atender las mesas. Y cómo me vuelvas a llegar tarde te mato. Sussy se encaminó pero uno de los guardanalgas la detuvo, El jefe ordenó que no entrara. El cantinero le gritó al guarura que entonces fuera él a atender. Intervino el otro guarro, Déjala que pase. No te metas.

Tú ni pedos soplas aquí, que no pase. Sí sí, pásele. Ándele, ándele, no caliente. Pero en la aventadera no consiguió entrar.

Adentro la rechifla era insoportable, La Biblia no aparecía. La sonrisa de San Pedro levantó las sospechas de don Lucha Libre. Por los altavoces marca Stern se anunció que el campeón estaba atrapado en un embotellamiento. Qué patraña. ¿Tráfico en una ciudad tan pequeña? Llegará en cualquier momento. Mientras tanto serviremos la cena. San Pedro no protestó. Podía afanar su dinero y largarse. Pero quería ver hasta dónde llegaba el actito. Además la feria no le importaba, lo jugoso del trato era que se quedaría con el control total de los puntos de venta de droga en el centro.

La Biblia arribó con el cinturón en alto y el rostro verde. No dio pelea. Abarató el combate al sólo resistir cinco copas de sotol. Un nuevo campeón y un nuevo distribuidor habían subido al estrellato. Don Lucha Libre era un buen perdedor. Entregó la concesión a San Pedro y continuaron chupando. Nadie abandonó la cantina. Iban a tocar Los Capi.

El chofer de la limo se acercó a don Lucha Libre y le informó que Sussy estaba afuera. Había soltado la instantánea sopa: a su Biblia Vaquera se lo envenenaron. Sin moverse de su asiento de privilegiado, don Lucha sacó su pistola y de un tiro mató a San Pedro. Un solo disparo bastó para que se desatara la balacera que acabó con todos los presentes, incluidos el nuevo monarca y La Biblia Vaquera.

La edición del periódico del día siguiente fue de ocho columnas. Gran ajuste de cuentas entre el crimen organizado. Agencia Extrafifí. Jueves 27 de diciembre. A las cinco de la madrugada anterior, elementos de la policía y alcoholes, con la intención de clausurar una cantina que no respetaba el horario de la ley seca, se adentraron en la Cuauhnáuac y encontraron muertos a todos los asistentes, entre ellos los cabecillas del mundillo de la droga local.

Sussy nunca volvió a mencionar la Cuauhnáuac, ni las muertes, ni nada. La semana siguiente empezó desde cero, afuera de otra cantina y no logró vender ni un burrito. Una noche, mientras recogía el changarro, un batillo se acercó a preguntarle si sabía dónde conseguir una grapa. No. No sé. Perra madre, dijo el malandro, me anda llevando la chingada con la malilla. ¿Qué ya no hay narcos en la ciudad? No. Ya no hay joven. Cómpreme un burrito. No. Qué burrito ni qué la chingada. Lo que quiero es un pase. Ya le dije que no hay, joven. Ya no hay narcos. Ya no hay narcos. Mejor cómpreme un burrito. Ándele, no sea malo. Tengo de machaca.

NO FICCIÓN

REISSUE DEL FACSÍMIL ORIGINAL DE LA CONTRAPORTADA DE UNA REMASTERIZADA COUNTRY BIBLE*

Para Fernando del Paso

Beauty she is scarred into man's soul
A flower atracting lust, vice and sin
A vine that can strangle life from a tree
Carrion, surrounding, picking on leaves.

«She is Suffering», Manic Street Preachers

A) Rise and Shine

La ciencia de la piratería fue un fantasma que habitó, toda la vida, en el corazón de The Country Bible. Desde morrita, montada en un gallito, recorría la ciudad de los tiraderos. Hogar de la fayuca, del contrabando, de la traición importada de todo puerto. De Sebastopol. De Anchorange. De Cardiff.

Desde que compró su boleto para este mundo, en Ticket Master, uno de los principales rasgos de la joven Country Bible fue su apego a la tradición. Siendo ella un producto del tretapack, se empeñaba en rendir tributo a la vieja escuela. Y ésa era la especialidad de nuestra heroína, conducirse a la old fashion y anexas.

No entendimos por qué se sentía en deuda con la antigua guardia. No provenía de ella. Si hasta sus padres, en bebidas (nacionales e importadas) ocasiones, consideraron bautizarla con el nombre de Moderna Tenenbaum. También se propusieron el nombre de Polimorfa Multiforme, pero al final se decidieron por The Country Bible, en honor al desayuno sociodélico.

* A.k.a. The Western Bible

The Country Bible descendía de una estirpe de despachadores de pollo frito. De mínimo su abuelo, su padre y sus hermanos habían lucido el mandil reglamentario de Pollos Henry's. Como su ilusión de permanencia era comprobable, se decidió a yuxtaponerlo con sus aspiraciones de pertenencia al mercado de la piratería y también se colocó atrás del mostrador.

La línea que divide al cliente del empleado no los vuelve distintos a uno del otro. Tanto el que atiende una tienda de discos como el que polariza las ventanas de los carros o el surtidor de pollo frito son timoratos simples, incapaces de subversión.

A soltar sobre nuestra Country Bible: uno de los conflictos que le provocaba pasar al pizarrón era que su familia, desde el inicio de la civilización de la comida rápida, sólo había servido como empleada en Pollos Henry's. Ni una triste subgerencia había sido puesta al alcance de alguno de ellos. Ninguno, ni su abuelo, que según la mitología había sido el miembro más próspero de la estirpe, consiguió ser propietario de uno de los locales de la cadena.

Así comenzó la militancia de The Country Biblie por la disidencia. Creo que nadie se lo inculcó, ni siquiera la invitaron; sin embargo, por decisión propia ingresó a las Juventudes Comunistas, con el entusiasmo de cualquier adolescente que se une a un conjunto de rock. Contaminada por la moda adoptó una indumentaria tipo estudiante de la UNAM; en las horas que no laboraba, y para completar la representación, se adentró en las lecturas de rigor cada vez que mordía una manzana. Se convirtió en una enciclopedia militandante de folklore latinoamericano. Ambientó su cuarto con ejemplos de Willem de Kooning y montó un laboratorio de piratería, equipadito con una torre con capacidad para quemar doce discos simultáneos, multifuncional, para fotocopiar las portadas y un negro literario para la producción de clones.

Como ejercitante de la potencial piratería, The Country Bible pretendía vivir encubierta, como infiltrado. Su existir oscilaba entre el sabor subterráneo de la mermelada de tortura, para dedicarse de lleno a la lucha proletaria, y el no renunciar a la titularidad en la media cancha del pollo frito con papas empanizadas. Se mantenía en Pollos Henry's sólo por no defraudar en lo tradicional. Pero su actitud revolucionaria comenzó a causarle conflictos de mancebo.

El primer problema que se le presentó fue en el jale. El nerviosismo cosificado tiene tres extensiones básicas: la risa injustificada, la desmesurada sudoración de las manos y la adopción involuntaria e inevitable de comportamientos cómicos. The Country Bible padecía la tercera etapa una tarde en que se aburría en el negocio del pollo en piezas. Era uno de esos días que los comerciantes califican como flojos. A las cuatro de la tarde, en un acto de distracción, con la sabiduría del marcador indeleble, escribió en las tarjetas checadoras de entradas y salidas apodos a todos los empleados, incluido el gerente.

El descontento generalizado se sobreactuó. Se generaba del hecho de que no eran en sí los apelativos lo que los molestaba, sino que no los entendían. Si al menos hubiera escrito taimadas cosas como El Moco, El Chimijuil Volador o La Pellizcona, lo habrían tolerado. En lugar de, había designado al personal con nombres bienamados al interior de su seno izquierdista: Cienfuegos, John Lennon, Heberto Castillo, Lenin. Y todos advertían que desde que The Country Bible se expresaba como cantante de protesta, se alejaba cada vez más de los callejones del barrio. Cada día se identificaba más con la constante latinoamericana. Pero lo que ni los rebautizados ni la misma Country Bible sospechaban era que el desdoblamiento sufrido por la despachadora de pollo frito unificaría la lucha proletaria con el comercio en los acontecimientos del 2 de octubre.

Al día siguiente recibió una notificación de la gerencia. La plantilla de empleados exigía que quemaran a la sediciosa. No la corrieron, debido a la superstición de la empresa de que tener al menos a una Country Bible en la sucursal los protegía contra la brujería satelital. La descansaron una semana.

b) Sunny Side Up

Aprovechó su fri taim, con un uso maestro de los estrechadores, para reforzar sus nexos con el Partido Comunista. La piratería, como el LSD al principio, fue legal, hasta que los orates de la CIA decidieron que nel, que la prohibición impediría que todos los adolescentes anduvieran siempre bien pasteles oyendo a Violeta Parra. Se desató una persecución marca Llorarás sobre toda la banda que comercializara piratería. Y el jobi de Country Bible mutó. Se transformó en algo tipo Híjole morro no traigo el de Serrat pero en este cedé viene el Manifiesto Comunista en word.

Se convirtió en la efectuosa del PC en todo lo referente a información. Era la encargada de repartir en cedés quemados las instrucciones que debía seguir el movimiento. En un puesto del centro histórico distribuía discos con portadas de Paulina Rubio, El Viejo Paulino, Alejandra Guzmán, Polo Polo. En realidad el contenido no eran los jits del momento, ni poemas leídos por Paco Stanley, sino las especificaciones para una manifestación que realizarían todos los comerciantes en la Plaza de las Tres Culturas el 2 de octubre.

El conflicto había comenzado por una bronca entre vendedores ambulantes. Durante el conato, un mercado popular le entró al bailongo y todos los aglutinados fueron apaciguados gachamente por la policía. Cansados por el abuso, a ritmo de tramo, que recibían por parte del gobierno de Díaz Ordaz, los comerciantes se organizaron y se adhirieron al PC.

En una marcha ocurrida el 31 de agosto, la televisión capturó un momento grueso dentro de las protestas: una joven indumentariada con un uniforme de despachador de pollo frito se unió a la protesta. La joven era la misma Country Bible, quien se decidió a usar su traje amarillo Chíngame las retinas; su otra opción era salir como Chabuca Granda.

Esto cambiaría el rumbo que tomarían los festejos. Desde la quema de Judas, pasando por los disfraces que décadas después se utilizarían en las marchas del orgullo gay, hasta la celebración de los goles en la cancha. Toda apoteosis se vería afectada, en sus contornos, en su centro y en lugares donde es efectiva la crema antiarrugas, por las innovaciones propuestas de The Country Bible en aquella fecha histórica. El gobierno que siempre traía los ojos rojos, el de Díaz Ordaz, retumbaba de auspicio ante la idea de que los comerciantes pudieran retortear el desarrollo de los próximos Juegos Olímpicos.

La vida se meneaba como una descomunal jarra de agua de horchata. El 2 de octubre en Tlatelolco se enfrentaron los comerciantes y el ejército. El acontecimiento abrió un profundo boquete negro en la historia de México. Comenzó el mito de los miles de muertos y desaparecidos. La versión oficial decía que los comerciantes habían comenzado el tiroteo. Y por debajo del agua se comentaba que un grupo especial de vendedores, el Batallón Olimpia, se había infiltrado entre los soldados y propiciado el desate del fuego. Fue cuando los de enfrente ya no se aguantaron las carnes.

El ejército no estaba preparado para enfrentar a los comerciantes. Su armamento eran pistolitas de agua en comparación con las de sus oponentes. Después de la masacre se desató una carnicería sin descanso en contra de los sobrevivientes, quienes huían y se ocultaban en los departamentos de Tlatelolco y circunvalaciones. Fue inútil, los comerciantes buscaron hasta debajo del último boleto del metro y centenares fueron capturados, algunos recibieron torturas y otros más desaparecieron. Bailó Berta.

Aquello fue el infierno de una herida que precedió a los Juegos Olímpicos de 1968 y permanece abierta en la memoria del país hasta el presente. En las décadas subsiguientes la matanza inspiraría innumerables canciones, novelas, movimientos, películas, etc. Erigirían monumentos, estatuas, monolitos, plazas, paseos, en honor de los caídos.

c) Morning Glory

Los agravios contra el gobierno sacudieron el papel autoritario del Estado. Una vez pasada la modorra de la matanza, el partido en el poder, con ayuda del FBI, se propuso capturar a los cabecillas del movimiento y se difundió una lista de popularidad con los nombres y las fotografías de los principales implicados. Entre ellos, The Country Bible. La estrella del momento aparecía en el retrato con un disfraz de flor. Parecía una broma, no sabíamos si buscaban a un posible preso político o al Peter Gabriel de la etapa de Genesis. Para el gobierno fue imposible conseguir una foto donde apareciera sin encarnar un personaje. En la de su certificado de primaria aparecía con una máscara del Espanto Jr. En la del certificado de secundaria como el viejito de The lamb lies down on Broadway.

La sociedad estaba ofendidísima: cómo era posible que el presidente mandara a los soldados, sin preparación, sin armamento, a combatir con los cabrones de los comerciantes tepiteños.

Siempre que surge un inconveniente político, el gobierno crea un distractor. A unos meses de los Juegos Olímpicos, para que el pueblo olvidara al estilo Jalisco, la masacre, sin que nadie se enterara, en el backstage, Díaz Ordaz ordenó al canal Once crear un reáliti chou. Como la piratería estaba de moda, aunque fuera ilegal, fue el tema del programa. La dinámica de éste consistía en premiar al concursante que consiguiera copiar más discos piratas en determinado tiempo. Tomaron tal decisión porque los temas se agotaban. Había reálitis sobre arrear vacas, sobre estrellas del hip hop, sobre luchadores, bellas y nerds, hasta uno sobre aspirantes a cómicos.

Con esta acción, recitó Díaz Ordaz a su secretario gobiernoso Luis Echeverría, capturaremos a los involucrados de la fracción pirateca. Oh, sí, mi señor, dijo el secre, pero ¿y los fayuqueros, los que venden partes de auto robadas, los puesteros? No se precipite mi mano derecha, a todos se los va a cargar su jefecita. Usted véame hacer política. Éstos deben caer primero porque son los más rojillos. Además el Estado Mayor me aseguró que al concurso se inscribirá The Country Bible, una peligrosa terrorista que encabezaba el movimiento.

El gobierno no andaba tan mal encaminado. The Country Bible, para escabullirse un rato, hizo casting en el reáliti La Academia Pirata y fue aceptada. Su popularidad como pirata miembro del PC sería identificada por alguien en el transcurso de la competencia. La arrestarían antes de llegar a la final.

The Country Bible sabía que la buscaban y, como medida de contrainteligencia para evitar que la gente la reconociera, se presentó disfrazada como luchador. Nada menos que como Espanto Jr.

Portaba una máscara con las siguientes características:

Status: no ha perdido la máscara.

Material: Dublín.

Diseño: La máscara es una de las más minimalistas que se hayan usado en la lucha libre, lo cual la dota de una sobriedad que resulta hasta elegante. Completamente negra, esta tapa tiene como único elemento estético un borde de color plateado alrededor de ojos, nariz y boca. Adorna la frente una cruz grabada en blanco.

Observaciones: Parte de una gran dinastía de luchadores.

Fabricante: Jesús Andrade.

Para no alargar la programación, los resúmenes los podrán ver todos los días a las ocho por canal Once en el programa El recreo. The Country Bible llegó a la final gracias a las llamadas del público, que la salvó en tres ocasiones en que estuvo nominada para la expulsión.

La final se transmitió desde el Auditorio Nacional. La conductora, Raquel Bigorra, alentaba al público a que votara por su favorito, llame, llame, llame ya. De los cuatro finalistas, Espanto Jr. se encontraba en segundo lugar. La diferencia con el primer sitio era estrecha, los testosteronazos que soltaba el rival de The Country Bible mantenían a todas las quinceañeras pegadas al teléfono. Pero Espanto Jr. quería el premio. Cincuenta mil pesos en efectivo y un viaje a Puerto Vallarta, todo pagado. El paquete incluye tres días y dos noches en una suite para dos personas en el hotel Playa, pero vamos contigo Raquel, para ver cómo está el conteo de llamadas.

Hasta el momento 12 543 llamadas para Espanto Jr., 12 856 para Erasmo. Le recuerdo que sólo quedan veinte minutos para recibir su votación, después de ese tiempo se cerrará el conmutador. Nuestro siguiente participante es originario de San Pedro Rico. Ésta es la última oportunidad que tiene Espanto Jr. para convencer a los jueces. Adelante.

Para sorprender a los jurados, The Country Bible subió al escenario con una vestimenta sobre su traje de luchador. Salió disfrazado como Demis Roussos sobre su disfraz de La Biblia Vaquera Jr. Mientras quemaba los cedés lo más rápido posible que le permitían la panza y la barba postiza, sonaba de fondo el éxito: Good bye my love good bye. Los teléfonos no dejaron de sonar y Espanto Jr. terminó en primer lugar: había ganado la tercera caída.

Una semana después, la Federación Mexicana de Reálitis, presidida por Decio de María, anuló el premio, multó al canal Once y le impidió realizar reálitis durante un año. El argumento fue que Espanto Jr., quien nunca se quitó la máscara, resultó positivo en el antidoping, su sangre era rica en nandrolona y había ganado el certamen debido a los esteroides. Le quitaron la feria y le anularon el viaje. Algo así había sucedido en el Mundial de Reálitis, en Italia, al que México no asistió debido a unos cachirules.

Treinta años después The Country Bible sigue siendo la gloria del barrio. Nunca fue aprendida. Todavía la entrevistan y se prepara un biopic sobre su vida que se estrenará en unos meses. En la misma fecha se le hará juicio político a Echeverría. Los expedientes de la matanza de Tlalelolco volvieron a abrirse. Al final se descubrió que fue él quien dio la orden de mandar a los soldados a enfrentar a los cabrones de los comerciantes.

ELLOS LAS PREFIEREN GORDAS

muy muy gordas
gordas gordas
súper gordas
gordas gordas y apretá

Orquesta Mondragón

Una gorda. Una gorda. Necesitaba una gorda. No para hacerla tamales, tampoco para hacerla llorar. Necesitaba una gorda para hacerle el amor.

Había oído miles de historias en la cantina. Leyendas, apariciones, relatos fantásticos. Me fascinaba en especial el mito que privilegia a los que se acuestan con una gorda. La grasa les había devuelto la fe en el amor. A la mujer pasada de peso se le atribuyen proezas y propiedades sexuales que no poseen las otras miembros del gremio. Ante la desventaja estética que la gordura supone, las chonchitas desarrollan habilidades que compensan su falta de cuidado, su exceso de redondez.

Yo no podía saber si todo eso era verdad. No me había acostado con una gorda. Yo soy gordo, pero los obesos no gozamos de la misma fama. Somos pésimos amantes. Eso dicen en la cantina. Tampoco sé si sea cierto. Nunca he tenido sexo con uno.

Nunca me había acostado con una gorda y no por discriminación. Las flaquitas eran mi delirio. Los huesitos forraos. Con sus patitas de pollo con gripe aviar. Eran mi perdición por una sólo cosa: salían baratas. Se comían su alpiste y tan tranquilas, las chirinitas. También desprecio a las borrachas y a las adictas. Una mujer que bebe más que tú te llevará a la quiebra. Me lo aconsejaron en la cantina. Siempre que oía en la calle un piropo del tipo Entre más carne, más pecado, yo me ponía a pensar en números.

Me propuse encontrar a una tamalona porque no podía tener relaciones con mi esposita. Yo no sabía nada de gordas. En la cantina decían que echarse un palo con una era como subirse a un güevo estrellado gigante toda la noche. Yo no buscaba una gorda especial. Me conformaba con cualquiera que me devolviera la fe en el amor.

Dejé de dormir con mi esposita porque me desobedeció. Es curioso. La bronca comenzó porque me negué a llevarla al baile de Valentín Elizalde. Hasta le prohibí que fuera sola. Ni me peló. Ella y su hermana se treparon al Gran Marquís y se largaron sin mi permiso.

En el baile se topó con el diablo. Al fulano que la sacó a bailar le nació una pata de chivo y otra de gallo. Empezó a oler a quemado y se desató la corredera. Mi esposita acabó achicharrada en la sala de urgencias de la Cruz Roja. Salió hasta en el periódico. Yo no creo que el diablo anduviera de gira con Valentín. No estuve presente. Los de la cantina tampoco vieron, sin embargo aseguran que sí pasó. Soy la burla del barrio. Y mi esposita cree que ellos me metieron la idea en la cabeza. Todos, incluidos los niños me gritan A tu vieja la chupó el diablo, güey. Es como cuando se te cae un dulce al suelo y no lo recoges porque se le ha pegado la tierra. Todo pa dios, nada pal diablo, me reprochaba mi esposita, pero no he sido capaz de recuperar la golosina de su cuerpo.

Antes de decidirme por la gorda hubo otras. Pero mi chip del sexo estaba atrofiado. No conseguía quitarme de la cabeza que si aquel fulano no hubiera resultado el diablo, mi esposita habría terminado en la cama con él. De qué me servía tirarme a kilos de mujeres, al barrio entero, si no me las arreglaba para tocar a la mía.

Aquella puta pesaba doscientos kilos, oí que contaba un cliente en la cantina. Cómo apestaba, era repugnante. Aún así me encaramé en tremendo panqué y descargué hasta el último chisguete. No sabes. Recobré la fe en la vida. El relato era el empujón final que necesitaba para lanzarme a conquistar los favores de una gorda. Es fácil, me dije. El mundo está lleno de gordas. Estaba equivocado. Tenía diez gordas prospecto. Una se dio un pasón de nieve, ya nomás me quedaron nueve. A otra la violó un mocho, ya nomás quedaron ocho. Etcétera.

Me lo preguntaron en la cantina: por qué no la dejas. Búscate otra ruca. Las tantísimas horas de taburete les permiten a los bebedores opinar que la mayoría de los hombres en mi lugar se habrían separado. Pero yo no formaba parte de la orgullosa cofradía. No me atrevía a abandonar a mi esposita porque ya la había pagado. Una de las quejas recurrentes de mi madre es que soy como mi abuela: incapaz de tirar nada. Aún conservo todas las libretas que utilicé en la primaria, mis juguetes y los números que compré del Simón Simonazo. Tengo vocación para no deshacerme de las cosas.

La gorda perfecta. Cuando se me agotó el ramillete de caguamas surgió la tentación de conseguirme una gorda específica. ¿Cuál sería la gorda predilecta para mí? ¿Una de las Ultrasónicas o una de las Poquianchis? La salud de mi vida amorosa se encontraba entre las carnes de una rellenita multiforme. Dónde se arrellanaría tal maravilla. Cuál sería el tamaño del éxtasis.

Para un rastreo más eficaz, puse un aviso en el periódico: Ocupo una gorda. Solicito ayudanta doméstica afligida por el yugo del sobrepeso. Mi esposita es muy celosa. Inútil presentarse si no es desgraciada estéticamente. El casting fue un fracaso. Mi gorda seguía sin soltar su orzuela. Desesperanzado, me refugié en un concierto del Buki, el Jesucristo de las gordas sentimentaloides. Allí aprendí el primer principio del cazador de clientas de chicharronería: una gorda sale cara. El prototipo sentimental rebasaba mi presupuesto.

Sin proponérmelo, mi olfato me condujo a la Olímpico Laguna, la arena de lucha libre de más tradición aquí en San Pedrostuttgart. Y ahí apareció la víctima propicia. Una frágil e indefensa gorda de diecinueve años. El cordero, no, perdón, la res que me libraría del pecado del mundo. Insisto, no fue premeditado, yo había asistido a las luchas a disfrutar y ella se sentó junto a mí, cayó redondita.

Se llamaba The Western Bible. Primero pensé que me estaba cotorreando. Luego que estaba loca. Juró que los locos eran sus padres y me mostró su credencial para votar. No era una extravagancia. The Western Bible era en verdad The Western Bible. Era una imponente chingaderota, alta, rubia y rolliza. Y no se encontraba sola. La acompañaba su hijo. Compré dos cervezas y una Coca-Cola para el becerro. Me dijo que vivían solos. No sabía quién era el papá de su niño y no pretendía descubrirlo. Sus padres se encontraban en otra casa, en otra ciudad. Se me ocurrió que habían huido de ella. Que le dejaban la casa y la sostenían a distancia con tal de no soportarla. Una historia demasiado fantasiosa, como las de la cantina. Pretender un romance con una gorda me estaba poniendo paranoico. Tal vez se mantenían alejados por asuntos de trabajo. Pero por qué no se la llevaban.

Desde el inicio de la función estuve preguntándome cómo abordar a una joven madre soltera gorda y rubia. Cómo insinuarle a aquel robusto hembrón que requería de su lozanía para recobrar el deseo carnal por mi esposa. ¿Me atrevería descaradamente a pedirle las nalgas? ¿Esperaría a que ella se me ofreciera de manera natural? ¿Apelaría a su condición de madre soltera? ¿Al carácter de pronta que le proporcionaba su situación?

No me arriesgaría. Me incliné por mi lado más gandalla. Pedí dos cervezas más y un lonche de mortadela para el marranín. Sin chile. Le compré una máscara del Espanto Jr. y antes de comenzar la segunda pelea se subió al ring. The Western Bible se concentraba en observar las evoluciones de su hijo en el cuadrilátero mientras bebía su Victoria. Estaba descuidada. Sin decir ahí va lagua, tomé su mano y la coloqué en mi bragueta. No me reclamó el gesto, sólo la retiró. Como tampoco me volteó a ver, volví a colocar su mano en mí y la retiró de nuevo. Pedí otras dos cervezas y continuamos con esa rutina toda la función, yo insistente en que pusiera su mano sobre mis partes menos nobles y ella en negarse, hasta la segunda caída de la última pelea, en que The Western Bible dejó descansar su mano sobre mi bragueta. El círculo se había completado. Conocería los complacientes secretos amorosos que rodean el tálamo espacioso de una gorda.

Al salir de la arena, The Western Bible me paró en seco. Sí me permitiría auscultarla y descifrar por mí mismo los tan prometedores placeres inherentes a la adiposidad excesiva. Pero sólo después de asegurarnos de que su retoño estuviera dormido. No era conveniente que me viera, así son los niños sin padre, siempre que a alguien se le ocurre poncharse a sus mamás, les da por resistirse al sueño.

Mientras el morrillo se dormía, caminé algunas cuadras, compré condones y aburrido, finalmente, aunque me resistía, entré a una cantina. Consideré largarme, olvidarme de todo y regresar a casa. No pude. De alguna manera The Western Bible ya era mía. Había gastado una feria en sus cervezas. No quería después arrepentirme por desperdiciar la oportunidad.

Sonó mi celular y era ella. El becerrito se dilató dos horas para que se le descargara la pila. Durante ese lapso The Western Bible le estuvo pegando al whiskey. Le pegaba bonito. Tan duro como un trailero. Cuando llegué ya había liquidado una botella y le agarraba el gusto a la segunda. Me ofreció un trago y se lo rechacé. Se puso pesada. Trató de darme en la boca y me salpicó la camisa. Me atrapó una ligera desconfianza pero tenía la trama bajo control. Total, si la gorda se ponía insoportable la arreglaría con un par de cachetadas, es posible que hasta las disfrutara. Tal vez le gustaría y me rogaría por más.

Mejor métete al baño, le ordené. Salió toda espolvoreada de talco. Parecía un pan francés gigante y mal cocido. Siempre he querido coger en la cama de mis papás, dijo y atravesó el patio completamente desnuda, con la botella en una mano y un cedé en la otra. Esto se va a poner choncho, pensé al ver la cama king size. Sintonicé un canal porno, puse el cedé y me desnudé. Y sólo al oír la segunda canción me percaté de que

The Western Bible andaba hasta el quequi de borracha. No, no estaba peda, andaba hasta el cutis.

Grotescamente erótica se desplazó sobre el colchón y comenzó a mamármela. Puta, qué mala era. Se atragantaba sola. El pito se me comenzó a poner rojo. Le pedí que lo dejara en más de dos ocasiones. No sabes, le dije. No sabes mamar. Pero ella se empecinaba en demostrarme lo contrario y me lastimaba. Ya estuvo, aguanta, aguanta ya estoy bien caliente, quiero metértela, le grité fingidamente cachondo y conseguí alejarme de sus dientes. No me dio chance de nada, intempestivamente se echó sobre mí. Puta madre, cómo pesaba la gorda, me inmovilizó. Comenzamos el bombeo y sentí que me asfixiaba bajo sus lonjas. Era frustrante. De inmediato pensé en mi esposita. Pobre. Ella debía de experimentar lo mismo cuando yo me le encimaba. Con cuánto sacrificio y devoción ella toleraba mi corpulencia sobre su raquítico cuerpecito.

The Western Bible detuvo el chaca chaca. Esa canción me encanta, dijo y se bajó del king size para regresarla. Camino al estéreo se tambaleó y se estrelló contra un armario, luego cayó al suelo. La ayudé a levantarse y continuamos con la penetración. Yo aún no disfrutaba de las divinas gracias amatorias de la gordis cuando volvió a detenerse para repetir una vez más la canción. Puta madre, le grité, por qué no lo dejas correr. Concéntrate. Pues no. La oímos por tercera ocasión. Y no me grites, pendejo.

Quiso montarse de nuevo en mí, pero fue inútil. No soporté más. Se me había desinflado. Aquí le paramos, le dije. Pero ella no se derrotó. Se aferró a seguir. Y para motivarme intentó mamármela. Puta, estoy de acuerdo en que la fellatio es una obra de arte, pero no es inalcanzable para cualquier mortal practicarlo decentemente. Qué nunca has probado una paleta, le pregunté. No es una ciencia. Es como chupar una tutsi. Cambió de táctica succionadora y empeoró. Basta, basta, le grité. Sí sé, sí sé, se defendía y por hablar con la boca llena me la mordió. Se negaba a soltarme y para que aflojara le di una mema. Y otras dos más, una cada vez más ensañada que la otra. Se incorporó y me lanzó un golpe. La retuve y con esfuerzo me la quité de encima. Comencé a vestirme y ella salió del cuarto desnuda y con la botella de whiskey en la mano.

Me acerqué a la puerta y la gorda me alcanzó. No te vayas, cabrón. Ya me hartaste, pinche sebosa. Tú eres como todos, crees que estoy loca. Eres como mis papás. Puta, lo que faltaba, el desahogo. Me voy, repetí y no pude abrir la puerta. Tenía doble cerradura. La llave. Dame la pinche llave, le grité. No quería aflojarla. Dónde está. Pero por qué, comenzó con su discurso, ¿no entiendes? ¿No entiendes?, me explicaba mientras me pegaba con las yemas de los dedos en la sien, yo sí estoy bien. Es normal, me deprimo porque abusé de las drogas. Pérate, pérate, le solté, y yo qué culpa tengo. La llave. No es mi culpa si no tengo amigos, yo soy normal, soy normal, pero todos quieren volverme loca. Tú quieres volverme loca, me ladró y se me fue encima a golpes. Esquivé varios y como no se apaciguaba le aticé con el puño cerrado en la cara.

Dueño de la situación, más elocuente, le exigí la llave. The Western Bible yacía tirada en el piso. La llave, chingada madre, ¿o quieres otro? Inofensiva, se levantó y me dijo ¿quieres tu llave? Voy por tu puta llave, y desapareció. Vi la botella de whiskey y me la metí bajó la chamarra. Me emborracharía para olvidar el mal rato. The Western Bible regresó y me dijo para que volteara: aquí está tu llave, culero. Me estaba apuntando con una pistola. Se me fue la sangre al culo. Puede que fueran puras ganas de llamar la atención y no estuviera cargada, pero no me interesaba averiguarlo. No me atrevería a forcejear con un mastodonte ebrio por un revólver a las tres de la madrugada. Y el becerrito que no despertaba. Con tanto escándalo ya debía estar fuera de la cama. Si el niño nos veía, The Western Bible se tranquilizaría y podría brincarme por la azotea.

Nadie me pega, hijo de la chingada. Nadie me vuelve loca. No podía hacer ni decirle nada. Estaba bien culeado. Se le podía escapar un tiro. Pensé en gritar, pedir auxilio, pero sería ridículo. Además, nadie se levantaría de su cama para salvar a un imbécil como yo. Para mi buena suerte, el becerrito empezó a llorar y The Western Bible se largó a consolarlo. Aproveché para buscar las llaves. Colgaban de una cruz de madera que estaba en la cocina. Todavía alcancé a extraer del bolso de ella, que hallé encima del refrigerador, todo lo que había gastado en ellos en las luchas y lo de mi taxi de regreso.

Ahora en la cantina me consideran un experto en gordas. Una eminencia. A muchos turistas les he narrado cómo una suculenta gorda me rescató del engarrotamiento sexual. Me respetan. Dentro. Afuera es igual. La gente me señala. A tu vieja la chupó el diablo, güey. Pero ya no me importa. Mi esposita y yo hemos vuelto a tener intimidad. Y siempre que terminamos de hacer el amor yo le acarició las cicatrices de las quemaduras y ella ronronea como una gatita a los pies de un abedul.

APUNTES PARA UNA NUEVA TEORÍA DE UNA DOMADORA DE CABELLO

The Cowgirl Bible tenía las tetas grandes, la cara grasosa y la greña alborotada. Desde preadolescente padeció el fulgor inconcreto del pelo insurrecto. Aprendió entonces que quitarle lo rienda suelta a determinadas cabelleras sólo era posible para aquellas fulanas que se especializaran en la domesticación de ciertos fármacos. A partir de sus doce o trece añitos, dedicó todas sus obcecaciones a observar con calidad agreste el puercoespín paralelo a toda pubertad que comenzaba a necearle entre las piernas.

La evolución del punkoespín, que había trasmutado del armadillo, colaboraba de tal marea con la desproporción, que lo hacía comparable únicamente con las barbas que durante varios períodos musicosos han ostentado dos de los integrantes de ZZ Top. O equiparable también con identificables pubis de renombre del materialismo histórico. Y The Cowgirl Bible sufría. Sufría los centímetros folk de la pelambrera naíf, pues su peluca pubisexy no se disimulaba bajo el bikini. No importaba la cantidad atonal de rastrillos que consumiera para rasurarse o cuántas navajas mellara del catálogo completo de las novedades de la industria del depilado, el punkoespín siempre retomaba lo emergente con metralla, como les sucede a algunas morritas del jonky tonk.

Durante repetidas aproximaciones, se abstuvo de clavarse en los meandros de la greña, hasta el día en que la descubrió una cazatalentos de las melenas boyantes. Una vez que hubo encontrado a una dotada manipuladora de su estimada entrepierna, The Cowgirl Bible se convirtió en la acaparadora máxima del concurso nacional Rasure su triangulo. Ganó varias ediciones del premio en la categoría Vello Enterrado. A los quince años obtuvo el trofeo más representativo de la competencia, El puercoespín de oro, equivalente del Premio Aguascalientes de Bellota Radioactiva.

Cuando a una competidora le otorgan la presea definitiva debe retirarse. Por tradición, con Goodbye my love de incidentalización en su despedida de las aliteraciones. Y como el vello púbico era su vida, The Cowgirl Bible se dijo que el camino de las telenovelas y la conducción no eran para su roseta. Un jale de fachada significaba sólo una cosa: ser carne de bisturí. Invertirle a la cirugía plástica como se apuesta a las carreras de caballos. Decidió mejor imitar a algunos exjugadores de béisbol, que al jubilarse se convierten en entrenadores de las ligas menores. Ella se autoinfligiría en estilográfica de la peluqueada de pubis. Había memorizado el rasuraje mientras a ella le pasaban la mini mini maquinita de rasurar antes de cada competencia pasarelosa.

The Cowgirl Bible era una leyenda con patas. Había ingresado al salón de la fama a los diezycinco. Fue la más joven en conquistar la pantalla grande. Nadie la desconocía en el Guorl Circuit®. Pero no por eso se registró en el sindicato de las depiladoras con la altanería de una Miss Las Vegas. Como era costumbre en las principiadoras, su primera rasuradora fue usada. Una Yamaja roja con pastillas blancas.

El secreto para ser una virtuosa ejecutante de la rasuradora, le dijo en su primera lección el instructor virtual de su devedé de oferta Las grandes rasuradas del mundo, no sólo reside en reverenciar el mandato divino Rasuraos los unos a los otros, sino en nunca olvidar el principio fundamental: la música está en los cables. No es lo mismo tocar una rasuradora acústica que una eléctrica. Fíjate en el estilo. El estilo es el hombre (o, en este caso, la morrita tragaldabas o una madre de las que se me ocurren a mí). Ése es el truco, el plan, el agasajo. Puede provenir del cielo o de una jiribilla del ingenio. Algunos dicen que la clave es un amplificador de bulbos, otros levantan las cuerdas con la mano al arpegiar o utilizan un modelo de instrumento de facturación casera.

De la Yamaja se mudó a una Fender Stratotraste que bautizó con el nombre de Lucille. Soñaba con rasurar junto a los grandes maestros. Sobre su cama, en la pared, colgaba un póster gigante de su héroe, su papasfritas, su guan an onli: Jaimito Hendrics. Como una adolescente premediática, salía a la calle con la rasuradora colgada en la espalda y se reunía con sus compas candidatos a virtuosos a ver videoclips de Hendrics, un bato que tocaba la rasuradora con las muelas, la azotaba contra los amplificadores y le prendía fuego.

Ya iniciada en la denominación producto de gueto, realizó su primera presentación en público en Cabelo do Porco, la feria interracial de PopSTock! Antes, como era de sopesarse en todo aspirante, había participado en pequeñas tocadas en bares de carretera y en garajes de barrio. Incluso formó un trío llamado Confesiones de un despachador de pollo frito. El pagüer trío, la formación por crestomatía del rock, era el evangelio a imitar. Para muestra estaban los dos tríos más reputados de la historia por excedencia: La Crema y La Experiencia.

La exhibición interracial consistía en que los prospectos hicieran una larga fila bancaria a la espera de subir al escenario. En el entarimado, un grupo –rasuradora, bajo y batería– improvisaba sobre el pubis de una top model. El novato debía mejorar, o cuando menos igualar, los arrebatos rocanroleros de la rasuradora estacionaria en otra mata de cabello. Quien, por decisión del auditorio, consiguiera avanzar a la siguiente fase, competiría en una última ronda por un ampli Marchal, un auto, doscientos mil pesos en efectivo y un equipo de telefonía celular Sony Ericsson.

Como si fuera a cobrar pensión, The Cowgirl Bible ocupó su sitio en la filota. Un poco antes de que llegara su turno, la chava que la antecedía le advirtió que no debería atreverse a subir. Sólo se pondría en ridículo. Pero a nuestra nena le valió tostada. The Cowgirl Bible, decididota, trepó la escalerilla del backsteich. La rasuradora de la banda base dijo:

–¿Cuál es tu nombre?

–The Cowgirl Bible.

–¿Dónde has tocado?

–Por ai.

–Señores y señoras, The Cowgirl Bible, de por ai.

La prueba inició. Primero actuaba la local, después la visitante. La de casa organizó el vello de su modelo en un par de diminutas alas de ángel. Bajo y batería no dejaron de improvisar. The Cowgirl Bible arrancó con su intervención.

Comenzó tranquilona, demasiado dulce para el rocanrol. Pero luego la interpretación se salió de control. The Cowgirl Bible estaba fuera de tiempo. Por completo a otra velocidad, que de tan desconocida resultaba desafinada y torpe. El bajo y la batería interrumpieron la canción. La modelo temía por sus partes. Toda la audiencia estaba desconciertada. The Cowgirl Bible no había advertido que en la sala reinaba un silencio absoluto, excepto por el ruido de su instrumento. Se encontraba clavadísima en la Biblia. Para hacerla volver, el bataquista desmontó un platillo de la pila y lo arrojó al suelo. El golpe que produjo contra el piso sacó a The Cowgirl Bible de su pirotecnia abstraccionista. El test había terminado. El público se echó a reír burlón y The Cowgirl Bible bajó del estrado agüitadita de limón, con la sensación de haber comido cerillos.

The Cowgirl Bible escuchó sobre Crossroad por primera vez en un documental. Si, como sospecho, su biógrafo será latino, su historia se titulará Encrucijada. Tal vez también hagan una película. Protagonizada por Karen Bach. Con un soundtrack que ganará el Grammy®. Luego vendrá un tributo de bluseros negros. Una calle del Bronx llevará su nombre y, al final, erigirán una estatua de ella en algún paseo de Central Park donde podrá leerse la inscripción: The Cowgirl Bible Parker Iniesta Herbert Novo. La poeta maldita de las rasuradoras eléctricas.

Pero ya ando de precipitoso, cuchurrumino y carposo. Antes de que The Cowgirl Bible conquistara todas las portadas de revista, antes de transformarse en la mamá de los pollitos, en la tía de las muchachas, en la mamá de Marianne Faithfull, sufrió un segundo. Sufrió la inoperancia de la incipiencia. Y esto es off de record: tras su fracaso en el certamen pensó en abandonar, de manera definitiva y sin opción a metadona, su afición por el arte (como uno de los bellos traumas) de rasurar pubis.

Aquella noche después del concierto, cuando ya habían cerrado todos los bares como heridas oprimidas, descubrió Crossroad en la televisión. El documental mostraba un paraje mefítico en medio de la nada mítica. Dominado por dos caminos que se vinculaban formando una cruz. O una equis. Depende. A un lado se localizaba un tabarete, atendido por un ciego de sus ojos, y en el que lo único que se podía adquirir era refresco de cola. Frente al localito, un negro sordo hacía como que tocaba una guitarra de palo. Se dice que unos metros más adelante se ubicó hace muchos años la tienda de botas El Infierno, pero los registros enciclopédicos no abundan al respecto. No existe ahora allí negocio alguno.

Todo lo anterior sí es relevante para la historia, pues la mitología indicaba que quien no concretara todas las señales no sería capaz de realizar un trato en Crossroad. Con que faltara uno solo de los elementos escénicos, el viaje habría devenido patibulario, como trámite ante funcionario. Si por mala suerte el tabarete estaba cerrado o el negro andaba miando, habría que volver en temporada de langostas. Si por obra del Santo Niño Jesús de los Peyotes, patrono de PopSTock!, se cumplían los requisitos, a la media noche se presentaba el diablo en Crossroad y había contrato. A cambio de tu alma podrías solicitarle hasta acreditaciones periodísticas.

El documental retrataba testimonios de gente que había requerido las cosas más disparatadas. Uno se conformaba con un abono vitalicio para ver a su equipo de futbol. Concedido. Otro quería tocar los tambores en la banda de Beck. Pero Beck no cambiaría a su baterista cristiano, era perrísimo. Un alma es como un cariño, nunca cae mal. Por no desperdiciar, el diablo le consiguió chamba de percusionista. El último caso era el del Viejo Paulino, prestigioso compositor del Mono de alambre, el que no lo baile que chingue a su madre, quien cambió su alma por unas botas de piel de Biblia Vaquera.

Al finalizar el documental, desfilaban varias cláusulas en letra chiquita. Sólo existía una advertencia de cuidado para quien se atreviera a presentarse ante el diablo. Abstenerse de hacerlo borracho. Contrario a lo que alimenta el cancionero popular, a Satán le cagan los borrachines. Si aparecías ebrio en su presencia, corrías el riesgo de que te convirtiera en administrador de perrera municipal o en voluntario de campaña política del Partido Verde.

Si, como presume Santi Carrillo, el periodismo musical es un capricho burgués, entenderemos pues la crítica de la primera presentación de The Cowgirl Bible, en lo que podríamos calificar como su regreso, junto a su nuevo trío: Ángel de aceite para autos a la medianoche:

> La lujuria que The Cowgirl Bible Parker despliega en directo, refleja el sexo prácticamente sin fin que ha tenido a su disposición durante casi todo el tur que acaba de realizar por Inglaterra. Supone uno de los patrones de ritmo que llegaron a ser marca de identidad de una época. Durante la intro y la estrofa podemos oír a la batería, a la rasuradora y al bajo saltar al unísono a través de un exacerbado 7/4. Los movimientos de énfasis caen por delante y por detrás del ritmo de una forma completamente innovadora en el jevy metal, especialmente cuando la banda acentúa el patrón bajo-batería. En otros puntos es más convencional, como en el solo de rasuradora, que, por otra parte, es efectivo. El solo de The Cowgirl Bible llega como grito elevado espiritualmente y evoluciona hasta convertirse en una seducción sonora, intensificada por el uso del Octavia y acompañada por sus descarados adornos. Uno de los interludios más inventivos de The Cowgirl Bible, repleto de frases que desarrolla como si estuviera hablando con ella misma.

Portinarismos de por medio, lejos de la amateur a la que invitaban a tocar sólo en tertulias y cócteles, The Cowgirl Bible se reveló como una virtuosa del efecto guah guah. Aquí hay un hueco en la historia. Al igual que Jesús, un fragmento de la vida de The Cowgirl Bible se mantiene perpendicular sin que sepamos de su paradero. Si INRI se internó en el desierto para hablar con YHVH, en una versión antiapócrifa del Hoy platiqué con mi gallo de Vicente Fernández, The Cowgirl Bible, por su bi said, se internó en el desierto, refieren evangelios no canónicos, para pactar con el amante no sacro del Estado, Satán. Esto ocurre entre su visita a Crossroad y su triunfal retorno. Un período aproximadamente de tres años. ¿Cuál fue el apartado postal de The Cowgirl Bible Parker durante ese lapso? ¿Acaso es verdad que fue abducida por extraterrestres egipcios adictos a las telenovelas? ¿Estaba esto pronosticado en las profecías de Jaime Pausán? Permanezcan en sus asientos. Al final de la charla abriremos un turno de preguntas.

Jesús huyó al desierto para que no lo sedujera el mal con sus postres de alta cocina: flan, gelatina de güevo, arroz con leche, pastelitos, galletitas, sodacerveza sodacerveza, gorditas gorditas de picadillo de chicharrón de mole, lonches lonches lonches, máscaras máscaras lleve sus máscaras traemos la del Místico el Huracán Ramírez Damián 666, mande al niño mande a la niña tres envases de caguama por seis chapetiadas, tamales tamales hay tamales calientitos los tamales, sí oió usté bien por sólo cuarenta pesos le vamos a dar dos pares de calcetines cuatro trusas y un chal sólo hoy y antes de las ocho de la noche venga pase acérquese, pa la suegra la plaga la araña la mosca la cucaracha lleve su polvo de avión llévelo llévelo, melón gordo melón chino melón dulce cinco por diez pesos, sandía sandía roja sandía colorado, una limosnita por el amor de dios jefa ando juntando pa mi pasaje pa Ciudad Juárez voy a cruzar la frontera pa reunirme con mi carnal que está en ELei le barro la calle le lavo el carro le corto el pasto por la virgencita de guadalu*pop* aunque sea un taco jefita dios se lo pague con muchos hijos y la perpetúe en la santa gloria por los sigilos de los sigilos amén, etc.

The Cowgirl Bible no viajó. Ya se encontraba en el desierto. Y fue al encuentro con el jefe de jefes. Respetado en todos los niveles. Tan viejo y tan sabueso: Satanás.

He aquí cómo sucedió:

Pero antes, un problema sobre todo de sístole narrativa. Cómo representar al diablo. ¿Será verdad será mentira que se aparece como figura de mantel o de la manera folk en que lo representa la lotería mexicana? Chalupa y buenas. Para solucionar la índole podemos mapagenomahumanearlo de tres formas:

a) Apelando al lugar común. Es decir, como Ned Flanders;
b) Tipo boxeador cucliche antes de subir al ring. Con la rola Lincoln negro de Los Huracanes del Norte como marquesina idiosincrática;
c) Contrariando esa teoría que demarca la posibilidad de que dios sea negro, patrocinar al maligno como tal. Un chamuco de chocolate.

Eso explicaría un chingamadral de asuntos. En primera que el doblaje de esta ecuación fuera a doble espacio, que el diablo estuviera bien dotado y por último que a partir de ese 2 de Noviembre de 19** The Cowgirl Bible adoptara como modelo musical las raíces del blues y del soul sin dejar de atender los mejores links y trucos de los rasuradores blancos de blues y psicodelia. Se lo dijo Satán: Jimi Hendrics siempre interpretó material de negros. Con las siguientes excepciones: Cream, algo de Dylan, Beatles y Wild Thing, de The Troggs.

El éxito de The Cowgirl Bible, como las velocidades de un coche, residió en cuatro perspectivas fundacionales. Primera, segunda, tercera y cuarta: las históricas presentaciones que hizo en el bar londinense Bag O'Nails ante las estrellas británicas de la rasuradora.*

* Kevin Ayers, quien se encontraba entre el público, recuerda con aire de incredulidad: Allí estaban todas las estrellas y oí importantes comentarios, ya sabes, Mierda, Jesús, Maldita sea y otras palabras peores.

Por ese show, cuando The Cowgirl Bible retornó a su tierra, PopSTock! de los Camotes Envinados, la audiencia se acostumbró a la sintaxis de su instrumento con la facilidad con que el enfermero del IMSS se adapta a ignorar a sus pacientes. Así de drogoficante resultó el sonido de The Cowgirl Bible para el neopúblico. Paisano al abandono que percatas en el sanatorio, ya tu comidita tu cama tu enfermera, quién te pegó papá. Rockea. Contimás si tu primer disco, Me roba me roba el oso polar, recibe calificación de diez por parte de la crítica indomesticable. El siguiente paso es actuar como telonera durante la gira de la caravana Coca-Cola. Y de ai pal real.

Hasta el día en que en la computadora de The Cowgirl Bible apareció la siguiente advertencia:

BRONTOK.A[10]

-- Hentikan kebobrokan di negeri ini --

1. Penjarakan Koruptor, Penyelundup, Tukang Suap & Bandar NARKOBA

(Send to "NUSAKAMBANGAN")

2. Stop Free Sex, Aborsi & Prostitusi

(Go To HELL)

3. Stop pencemaran lingkungan, pembakaran hutan & perburuan liar

4. SAY NO TO DRUGS!!!

-- KIAMAT SUDAH DEKAT --

Terinspirasi oleh:

Elang Brontok (Spizaetus Cirrhatus) yang hampir punah

[By: HVM31]

-- JowoBot #VM Community --

!!!Akan Kubuat Mereka (VM lokal yg cengeng & bodoh) Terkapar!!!

Jijo e su. ¿Así o más caliente? El anuncio anterior no significa lo que significa. No es lo mismo Anita siéntate en la hamaca que siéntate en la macanita. En verdad era el aviso de que el diablo requería el alma de The Cowgirl Bible. Era hora. A pagar. Si les llegara a aparecer esta ventana en su compu de ustedes, tem muito cuidao, es señal de que vas a valer lo que se le unta al queso. Mejor corre a sacar un amparo, no vaya a ser que te caigan Hacienda, la Quinta, el Rancho y todas las dependencias patibularias.

Oye Diablo, no hay falla, sí voy a pagar, nomás aguántame las carnitas, deja me quedo a los tamales, fue lo que The Cowgirl Bible quiso decir pero no le dieron chancla. Había llegado el maligno por aquellito. Y el tiempo mi querido espectador, el tiempo es pop. El Diablo es pop. El amor es pop. Y el pop es una puta. A partir de entonces, a The Cowgirl Bible no le quedó de otra que evadir a toda costa los ignominiosos augurios del pop. Por ejemplo, jugar a la lotería. Como era adicta a la lucha libre, evitó asistir a funciones donde participaran La secta del mal, Satánico o Arcángel de la DEA. Se autofinanció tanta paranoia que se quitó de comer vampiros, con su salsita verde, frijolitos refranes, tortillas calientitas y su cerveza Victoria bien helada. Tanto que le gustaban. Pobre. Sin llorar.

Pero antes de continuar con este bla bla bla, preparado por LEXUS a partir de un esquema fortalecido de HarperCollins, vamos a asistir al procedimiento de la hipnosis para experimentar una regresión que nos revele, por medio de las palabras de la propia The Cowgirl Bible, cuál es la táctica que debe emplear cualquiera que desee venderle su alma al Diablo:

> La encrucijada se encuentra en El Cerro de la Cruz. Famoso por sus cholos y sus mayates, ah, y por la calidad de la coca que venden. El señor don Diablo empieza a audicionar por ai de las doce pasaditas, después de darse su toquecito. Según la gente, podría empezar más temprano, pero no se pierde la telenovela de las cinco y a las ocho jala pal gimnasio. Cena a las diez, luego sí, a abrir el changarro. Me habían anticipado que aquello se ponía como las filas del banco, o parecidas a las de las taquillas de los estadios de futbol. Pero estaba solón. Tal vez porque era domingo y andaba la raza cruda. Sólo éramos cuatro personas. Delante de mí estaba un señor que oh cómo armaba arguende. Se trataba del Viejo Paulino, compositor de corridos que estaba empeñado en enseñarle a Satanás que las tarántulas son

> ovíparas. También me habían referido historias de que el señor don chamuco se daba su taco. Tampoco era cierto. La peritita verdada es que cuando llegó mi turno se me trató con frialdad burocrática. Se me pidió presentarme en la ventanilla cuatro por un sello, luego a la doce por varias firmas, al final pase por caja para firmar el contrato válido por un alma. Esperé quince días y mis nuevas aptitudes me llegaron por DHL.

–The Cowgirl Bible, cuando cuente tres y aplauda, despertará y no recordará nada de lo sucedido. Bien, uno dos tres. Vuelva –dijo el retrato de la hipnotipista adolescente del bibliovaquerismo de salón–. Ahora, vamos a despedir a la doctora, gracias por su colaboración. Pase por sus honorarios. Gracias.

Volvamos a la historia.

Las palabras de The Cowgirl Bible arriba citadas están extraídas del libro Magia negra, ¿realidad o cumbia mental? del doctor RHA. Durante varios períodos, maomeno del cul al postcul, The Cowgirl Bible creía que sometiéndose a terapia podría eliminar sus creencias en Satán, así quedaría absuelta de su pacto y sería imposible que la desprendieran de su alma. Pero nel, no se hace jugarle chueco al maestro de lo chueco, amo y señor de toda la fayuca, la piratería softgüer y las vírgenes de Guadalupe meid in China. El tiempo hacía lo propio y no faltaba ni tanto así (un espacio como de cinco centímetros que forma entre los dedos abiertos como si la mano fuera un papalote) para que a The Cowgirl Bible le decomisaran los veintitrés gramos que pesa el alma.

Pasó un uno, pasó un dos años sin que el Diablo se diera un rol por PopSTock! Andaba ocupadísimo representando, junto a Jorge Reinoso, lo maligno en las películas de los Almada. Por esas fechas, el tercer disco de The Cowgirl Bible debutó encimadito en las listas de Las 40 principales en primer lugar. Su single Suscríbase a Marie Claire fue nominado a canción del año en los Esténcil Miusic Aguords por involucrar elementos del pastiche, le collage y el cats-up en su manejo de la rasuradora eléctrica.

Y entonces ocurrió: la invitaron a participar en la grabación del devedé Cumbia Poder de Celso Piña. Celebrando sus veinticinco años en el vallenato, Celso capturaría en vivo un concierto de sus éxitos acompañado por algunos invitados. Esto, en el fondo y en la superficie, constituía un privilegiazo, actuar junto al hijo predilecto de PopSTock! Sólo un comité reducido de celebridades interactuaría con Celso en el escenario. Lo que indicaba en sanos números que la carrera de The Cowgirl Bible estaba facultada en la piedra lumbre y el renombre. ¿Podría ella, borracha y drogada, bailar desnuda The return of the son of Monster Magnet* y ni así destruir su reputación? En una fiesta, efectivamente lo hizo. Con el tiempo, ése se convertiría en uno de los pocos registros fílmicos en que aparece The Cowgirl Bible.

Ya ni se acordaba la Cowgirl Bible del Hambriento Papá Frik Satán, cuando de la nada santana surgió otro mensajero a empuercar lagua. Cuídate soldadera, que te andan buscando los federales, le chivatearon. En un nivel personal, una amenaza de estas dimisiones puede aprovecharse como pretexto para una gira de despedida, con el correspondiente devedé y a disfrutar las recatadas regalías. ¿Cuántos personajes fashionistas, del período tardío, al momento de su muerte sí arreglarían sus asuntos en la tierra para partir en paz? Ninguno. Tampoco The Cowgirl Bible se preocupó por testar, por acordar con la disquera la remasterización de su obra o por dejar establecido que su última voluntad fuera que la cremaran y esparcieran sus cenizas en el desierto de Estación Marte. Se dedicó a sanfernandear, o sea a pasarse ratitos a pie, ratitos andando, a la espera del malora máximo del cine de ficheras: el diablo.

Los presagios se sucedieron con la excelsitud del dicho El marrano más trompudo se lleva la mejor mazorca. Primero, se

* (Unfinished Ballet in Two Tableaux) 1. Ritual Dance of Child-Killer. Il Nullis Pretti (NO commercial potential), is what freaks sound like when you turn them loose in a recording studio at one o'clock in the morning on $500 worth of rented percusssion equipment. A bright snappy number. Hotcha!

escaseó la mota en todo el estado. Una tragedia de proporciones dostoyevskianas, pues sin su estate quieto los mariguaneros se convierten en peligrosos especímenes de inclasificable índole. Les pega por conseguir trabajo como dependientes de minigolf, repartidores de pizza y hasta de despachadores de pollo frito. Segundo, el equipo local entra en una racha de diez partidos sin ganar. La ciudad es un caos de neurosis, en cada hogar vemos desencajadas escenas de innecesaria violencia. Tercero, a los idiotas del municipio se les olvidó fumigar contra el dengue y los mosquitos adoptaron un comportamiento epidemiológico.

Conforme los agüeros se intensificaban, la proximidad del diablo se hacía más penetrante. Pero Satán no aparecía. Ni aparecerá, dijo el otro. Para dichos jales contaba con representantes, abogángsters, licenciados trinquetes, magos, lisonjeros, políticos, conspiradores, escribanos, linyeras, corredores de bolsa, ampáyers, árbitros, réferis, bitniks, tinterillos, eunucos tunicados, jipis, etc. Llegado el decomiso, le encargaba el numerito a un achichincle. Detestaba a sus clientes, se quejaba de que son unos chillones, siempre piden prórroga. Como los asistentes a un concierto de rock, piden bis, encore, otra otra otra. The Cowgirl Bible no lo sabía. Y pos no sospechó quel fulano agente que la contrató para presentarse en un bar de carretera de El Paso estaba al servicio de la firma El Eje del Mal Internachional Compani. Aceptó, Al fin que ya stoy hasta las manitas de puerco de esconderme de ese cabrón, dijo, dizque máxima autoridad del tamal en el mundo, pero que tiro por viaje termina ridiculizado en comedias románticas estilo Joligud. Un choucito para una reducida banda en la frontera me va a alivianar de tanto debraye.

Llegó a Ciudad Juárez en un autobús de la línea Transportes del Norte. En el camino se reventó dos películas, El diablo viste Prada y El día de la bestia. De ai pegó un brinco a El Paso. Texas olía insufriblemente a plagio. Cuando una atmósfera se encuentra tan cargada de remedo, sólo puede traducirse en una cosa: azufre. El azufre chismoso e indicador de que el diablo* visita otra vez el pueblo.

The Cowgirl Bible sabía que eso de establecerse en Estados Unidos es tarea de máquinas parlantes. El poder de Satán es como el de la cerveza Corona, no conoce fronteras. O acaso igual de potente que los servicios de paquetería UPS (que de repente también la embarran). El mal cuenta con entrega ecspres. Para no seguirse obviando, The Cowgirl Bible ya no le movió, le cuadrara o no le cuadrara se enfrentaría contra su opositor. El poder del mero mero es el poder del mero mero. Aquí, allá, mapacá, mapacá, poquitito mapacá, aiacito, aiacito: ándele, ai merito. Ya quedó. Perfecta ubicación de altar.

Entró al bar a la media noche con la omnipaciencia epopéyica de un menú a la carta antes de ser leído. Ora sí que del diablo ni sus relucidas chanclas. Andaba poniéndose la verde en un partido de la Selección Mexicana vs. Panamá en Houston. En su lugar y para proceder al embargo, había mandado a su mamacito de mamacitos: Steve Vai, quien en menos de lo que se despacha una orden de pollo frito retó a The Cowgirl Bible a una competencia de rasuradoras. Ella sabía que era una insinuación que no podía rechazar. Negarse a morir con dignidad equivalía, en tiempos de La Reforma, a penar toda la eternidad por los baños del Mercado Juárez.

Para la competencia mandaron traer a dos de los pubis más peludos de la historia. Tongolele y María Victoria (la que canta despacito muy despacito). El duelo de solos comenzó. Durante ocho minutos de extenuante improvisación no se les vio ni el pelo a los rasuradores. Sólo hasta que empezó a sonar la música incidental que indica que el participante ya se ha extendido demasiado en su intervención, que es hora de ir a unos

* Nótese que la d de Diablo en ocasiones aparece en minúscula y en ocasiones en mayúscula. El motivo es que algunas veces el respeto no le alcanza para la alta (infomercial tardío del infratraductor).

comerciales, los competidores se detuvieron. El jurado dictaminó de la siguiente manera:

> La intervención de The Cowgirl Bible está bien estructurada, mantiene un ritmo rasurador adecuado y suscribe un metalenguaje novedoso. Es una propuesta moderna y, sin escatimar sus virtudes, audaz.

> Al rasurar, Steve Vai se conectó con una rancia tradición y la supo aligerar. El rico mestizaje de su rasuradora guarda en el mismo bolsillo monedas de a diez y de a veinte. No hay que divorciar al Ateneo de la carpa.

Y ésa, mis queridos amigos, fue la última vez que alguien vio a The Cowgirl Bible Parker. Eso fue hace unos minutos, pues el duelo final frente a Steve Vai fue grabado completo por un celular y subido a YouTube. Lo que sucedió después no lo sabemos. Se corta el video. Existe una teoría disparatada de que todo fue un montaje, de que The Cowgirl Bible no está muerta. Que fingió su deceso porque estaba hasta el quequi de tanta fama. Algunos fans férreos juran haberla visto comprar pollo frito en establecimientos de la cadena Henry's. Otros aseguran que vive en la India con nombre de colonizador inglés. No importa. Disponemos de The Cowgirl Bible en YouTube, para verla cuantas veces se nos antoje.

Y es que en poco tiempo, cuando perdamos la guerra contra el calentamiento global, a la verdadera The Cowgirl Bible sólo será posible observarla en YouTube. El diablo sólo podría ser invocado en la red. Pero si deseas impedir que la vida acabe, haz un donativo al 01 800 YOUTUBE. Con tu aportación, garantizaremos que, aunque sea a través de una pantalla, se perpetúe la verdadera The Cowgirl Bible gracias a Internet.

Para mayores informes search el guitar duel de Steve Vai en:

> http://www.youtube.com/

[illegible] los competidores se detuvieron. El juego [illegible] [illegible].

La interpretación de [illegible] [illegible] [illegible] [illegible] [illegible] [illegible] [illegible] [illegible] [illegible] [illegible] [illegible] [illegible] [illegible] [illegible] [illegible].

[illegible] Steve Vai se [illegible] [illegible] [illegible] [illegible] de [illegible] [illegible] [illegible] de [illegible] [illegible] de [illegible].

Y así, mis queridos amigos, fue la última vez que alguien vio a The Cowgirl Bible Basher. Eso fue hace unos años, antes de que el duelo final contra Steve Vai fuera grabado completo por un celular y subido a YouTube. Lo que sucedió después no lo sabemos. Se corta el video. Desde entonces ella desapareció. Dicen que todo fue un montaje, o que The Cowgirl Bible murió. Que llegó su [illegible] hasta el que [illegible] fama. Algunos fans fieles juran haberla visto comprando [illegible] en establecimientos de la cadena [illegible]. Otros dicen que vive en la India con nombre [illegible]. No importa. Desapareció. The Cowgirl Bible en YouTube [illegible] cuántas veces se ha visto.

[illegible] que en poco tiempo, cuando [illegible] la guerra [illegible] [illegible] global, la verdadera The Cowgirl Bible [illegible] posible observarla en YouTube. [illegible] sólo podrá [illegible] en la red. [illegible] [illegible]. [illegible] [illegible] que, aunque sea a través de [illegible], se [illegible] The Cowgirl Bible [illegible].

Para mayores informes [illegible] Steve Vai: [illegible]

http://www.vai.com

NI FICCIÓN NI NO FICCIÓN

LA CONDICIÓN POSNORTEÑA

Nací norteño hasta el tope.

CUCO SÁNCHEZ

1

Y:

—Mis botas.

—¿Eh?

—¿Mi alma ha visto usté mis botas de piel de guëvo de piojo? Se acuerda de ese par, ¿edá?

—Ei.

—¿On tan?

—Ay, Paulino. Se te va la tonada. Eran de Biblia Vaquera. Nunca has tenido botas de piojo.

—Pos ésas. Échemelas, que me las quiero encajar.

—Te las acabastes. ¿No te acuerdas? No te las quitabas ni pa treparte a sacudir el mezquite.

—Es que ésas eran botas y no estos ingratos zancos que me tienen el paso todo desgraciado.

—Quítatelas. Las cargas como a la culpa. Deja que la pata agarre aire.

—Luego, ¿cómo pego brinco?

—Ponte otras.

—¿Cuáles?

—Tas como las viejas, tú. Tienes el armario amurallao de cajas de botas y no te decides. ¿Qué, no hallas unas que te combinen con el pantalón?

—Pos todas esas mulas están igual de rengas que éstas.

—Estrénate unas. Quién quita y un par no te salgan broncas y las amansas.

—No. Mejor me voy a comprar otras.

—Ay no, Paulino. ¿Más botas? Ya no caben en el armario. Ónde voy a meter mis zapatos y mis vestidos.

—Usté no se apure, mi alma. Le fabricamos un doble fondo para que arréchole su chanclerío y sus disfraces. Se lo fabricamos como a las trocas se los provocan pa transportar la mota.

2

En calidad de mientras, El Viejo Paulino, desatendido de las peticiones de su dama, por no dejar, se presentó todo asoleado en el changarro Botas Roca. Ciudadano distinguido de San Pedrosburgo como era El Viejo, fue atendido por una de las enciclopedias andantes de las botas estilo norteño.

—Don Paulino, ¿qué lo trae por acá?

—Ah qué pelao tan baboso. Pos vine a escoger unas botas, zonzo.

—Me acaban de llegar las de contrabando. Pura novedad, don Paulino, pura novedad.

—Sácalas todas. Quiero mirarlas todas, hasta las exóticas.

—Mire qué sabrosura, lomo de ballena azul, certificada. En qué calibre se las muestro. O éstas, aprecie, de auténtico nosferatu en celo. Pruébeselas. También me surtieron de dragón de Komodo. Vea, vea qué hermosura.

—Tas tonto tú, pelao. Ésas parecen de luchador.

—Le voy a enseñar las de delfín de río.

—Párale, párale. Yo ando buscando unas de Biblia Vaquera.

—Ah, qué don Paulino. Se le olvida la tonada. Ya no las fabrican. Las sacaron del mercado porque dañaban la capa de ozono.

3

—Te lo advertí, Paulino. Pero le pierdes el acorde a la tonada. Botas de piel de Biblia Vaquera ya no hay en el mundo.

—Tiene usté razón, mi alma. Las dos pedradas son pa un solo pájaro: ni me consiguen las botas, ni pude toparme con unas que me destaparan la gracia.

—Paulino, no seas anestesiao, usa cualquier par de las depositadas en el armario. Nunca está de más.

—No, mi alma. Ésas permanecerán inéditas.

—Entonces, ¿pa qué las compraste?

—Ah, qué mi vieja. El valor de algunas botas consiste precisamente en eso, en mantenerse intactas. En cuanto me las ponga, voy a desheredarlas de todo su encanto.

—Oye Paulino, si ya no las producen de maquila, ¿por qué no te las hacen a mano?

—Eso mismo pedía yo, unas de confección casera. El problema es la piel. Anda escasa. Dizque La Biblia Vaquera está en peligro de extinción.

—¿Y si las mandas inculcar a McAllen?

—Tampoco en Texas la disfrutan. Canija piel, se la cargó el payaso.

—Sin llorar. Resígnate, Paulino.

—Qué me voy a resignar ni qué jijos de la china Hilaria. Yo soy más cabrón que bien parecido y voy a tener mis botas de piel de Biblia Vaquera aunque tenga que venderle mi alma al diablo.

—Ay, Paulino. Se te va la tonada. ¿Otra vez? ¿Cuántas veces le has vendido tu alma al diablo?

—Ya sé, pero pedo no cuenta. Esta vez se la voy a ofertar en mi juicio. Pedo no cuenta. Pedo no cuenta.

4

Tan codiciadas botas, por fin se participaron. Sólo que en patas de otro.

Se anunció como festejo de carne asada por todo San Pedro, Capital Federal. Un juereño se anda comentando con unas botas que si no son de Biblia Vaquera, al menos dan la finta de aproximación.

El Viejo Paulino, sobraba de suponerse, negociación en gramo, con paso imperfecto se cooperó frente al fulano pa mentarle que las botas le entonaban pa organizarse un corrido.

—Usté indulgente la querella compa, ¿pero la cáscara de esas trancas es piel de Biblia Vaquera original?

—Sí, no son piratas.

—¿Original original?

—Calidad Iso.

—¿Ónde las levantó?

—En el infierno.

—¿Ónde?

—En la zapatería El Infierno.

—¿Y qué rodada son, oiga?

—7 y tres octavos.

—Mire. Yo soy 7 y un pellizquito. ¿Me deja montarlas?

—A cómo chingaos no, don Paulino. Con fe.

—Jijo e su.

—¿Qués, don Paulino?

—Inconsecuentes trancas, no me entran, pos qué tornillo les apretastes pelao. Si sólo les falta una mami de alacrán pa ser de mi empeinada.

—Sepa. Porque nuevas nuevas han dejado de ser. Ya se aguangaron.

—Ira ira. Una nadita y chorrean melcocha.

—Ah, qué don Paulino. Se le va la tonada. Usté sabe que las botanas de Biblia Vaquera si no son hechas al pelo se rajan, se desafueran de sus obligaciones. No se dejan tentar ni por los pies del sol.

5

—Mi alma.

—Dime, Paulino.

—Me voy de viaje.

—¿Tan temprano? Ay, Paulino. No te arrecies con esa melodía.

—Mi alma, mi afición a las botas no pasará al olvido.

—¿Ya almorzaste?

—No.

—Te preparo unos tacos de arrachera pal camino.

—No me acompleta el tiempo. Los caballos permanecen en sus sillas y mis hombres ya están estrictos pa consagrarse a la emprendida.

—Ay, Paulino. Se te escapa la tonada. Cuando se va de chopin, no es congraciante que no te baile ni un frijol en los dos kilómetros de tripa que te coexisten.

—Ah, qué mi alma. Ésas son cosas de viejas. Yo sólo salgo por un par de botas.

—Oriéntate, Paulino. Es de riesgo. Pronosticaron el aporte del frente frío número ocho. Es de atenerse.

—No presuponga, mi alma. Esos eruditos del clima siempre profetizan errado. Están paralelos a los apostadores en las galladas. Se asumen siempre por el gallo equivocado.

—Ojalá. Ojalá y no atestigües una helada y te me enfermes de la friolera.

—Ni lo proclame, mi alma. No se desfile, voy a representármele ileso. Recuerde que a la enfriada, con un depósito de un kilo de tequila, doble poncho y sarape se le espanta.

6

—No toy cachuqueando, don Paulino. Se le extravía la tonada. Ya le arremetí que asegún las leyes, pelos y señas del juereño, aquí merito debía anticiparse el negocio la zapatería El infierno.

—¿Tas seguro?

—Deatiro. En este lugar debería perdurar el establecimiento.

—Hay que indagar profundo.

—Ya rebuscamos requete bien duro a través del paisaje. Nostá.

—¿Tas sin equivocación de que son las coordenadas?

—Sí, Patrón. Mire: pa más certezas, ai tan la encrucijada, las vías del tren y el tabaretito onde venden la carne seca. Enfrentito debía pertenecerse El Infierno.

—¿Y qué compartió el tabaretero?

—Que no existe tal latitud pa lo que buscamos. Que ya se lo informó a toda la caballada. Que un páramo no es idóneo pa una zapatería. Que aquí nunca ha guarecido El Infierno. Ni de vacaciones.

—¿No la estaremos cajetiando? ¿No será adelantando la loma?

—No, don Paulino. Pisamos en lo certero. Ai se figura el negro. Acuérdese de lo que soltó el juereño. En la encrucijada, onde se ve el negro tocando la guitarra de palo, ai se consiste El Infierno.

7

—Se te va la tonada, Paulino. Pos por la trotadera. Vi a lo lejos la cuadrilla y supe que eras tú.

—No dimos con el changarro, mi alma.

—Y cómo querías atinarle, si no te contribuyes nada. Te fuiste sin escapulario, sin almuerzo y sin mapa.

—Nos equipamos con una brújula. Sólo que se descompuso en la encrucijada. No se convencía a señalar Sur al Sur o Norte al Norte.

—Ay, Paulino, te he dicho que pa orientarse están la metida del sol, la posición de las estrellas y la caricia del aire en un dedo impregnado de baba.

8

—He sido de todo en la vida: coleccionador de caballos, de botas y gallos finos. Pero nunca un desertor.

—Ya, Paulino. Olvídate de las botas.

—No, mi alma. No me venzo.

—Ay, Paulino. Refórmate. Se te va la tonada. ¿Y cuando prometiste componerle un corrido al cuatrero que emboscaron en Buenos Aires, Coahuila?

—Es que pensé con argucia. Yo estoy pa que me compongan, no pa cantarles a otros.

—Desiste, Paulino. Las botas de Biblia Vaquera tan descontinuadas. Las retiraron del mercado porque sólo tú las procurabas.

—Antes desparezco, mi alma.

—Convéncete.

—No. Ando decidido. Tengo que vender mi alma al diablo.

—Tas loco, tú.

—Voy a vender mi alma al diablo. Voy a vendérsela como las trocas: toda o en partes.

—¿Es en serio, Paulino?

—Sí, mi alma.

—¿Y tú crees eso?

—¿Creer qué?

—Que Satanás va a venir corriendo como Chabelo a hacerte una catafixia.

—Por qué no. Cada quién sus vicios. Ai ta la valseada del Cojo Martínez. Se paseó veinte años en una silla de ruedas y luego de una platicadita con el chamuco ai andaba ejemplificando con la bailada el par de piernas que recibió a cambio de un anillo de compromiso.

—Ay, Paulino. Se te va la tonada. Se te cuarteó la azotea. Eso es materia de corridos. Sólo ocurre en los corridos. Paulino, los corridos no son el equivalente de la realidad.

9

—Me insinué dos noches en el espinazo, grite y grite, y el diablo no acudió.

—¿Usté solo, don Paulino?

—Solito y aún así me obligué cuatro cajetillas de cigarros.

—¿Y tequila?

—Dos kilos de ayuda. Se obtiene un frío cabrón ai en la intemperie, invocando. Aprovecho: sírveme otra. Doble. Cómo cuál, zonzo, del que tomaba Pedro Infante. Tradicional.

—Ah, qué don Paulino. Se le perfidia la tonada. Todos conocen que el diablo periferia a la media noche por una calle del Cerro de la Cruz. Usté se hace persona, y si hay fila, no la completa. Se antepone con su acreditación: El Viejo Palvino, compositor de corridos, y expone su bronca.

—Fíjate. Y yo puliéndome.

—¿Y es sincero eso de que va a rematarle su alma al diablo?

—Por supuesto que no, zonzo. ¿Luego de ónde me brotan los corridos?

—Y qué le va a ofrecer.

—Un pediquiur pa su pata de gallo y una herradura en miniatura pa su pata de cabra.

—Ah, qué don Paulino. Usté siempre en la burlona.

—No te creas, güey. Le voy a ingerir algo que no me va a retroceder. A la alazana. La más hermosa de mis yeguas. Se le va a engordar el ojo. Va a aceptar. Va a aceptarla porque nadie, ni siquiera el diablo, ha poseído una yegua tan preciosa.

10

—¿Quién anda ai?

—Yo.

—Ah, eres tú, Paulino. Cómo andas.

—Como cuando maté al finado.

—¿Y ya se te quitó lo borrachito?

—Ni madres, ni que fuera sarampión.

—¿Y qué se te trae por acá?

—Vengo a venderte mi alma.

—Újule no, mira nomás cómo vienes, ahogao, hasta las manitas.

—Pos ando de parranda, güey.

—Sí, ya te vi, pero yo así no hago tratos. Ve a que se te baje la avioneta y cuando estés en tu juicio échate la vuelta pacá.

—No, pos de una vez. En caliente. Lo que vaya a percudirse que se vaya remojando en Ace. Pa qué me haces ir y volver de oquis.

—Paulino, tú no entiendes, se te descompone la tonada. ¿Cuántas veces has venido a ofrecerme tu alma? Siempre hasta el mecate. Vete a tu casa. Ya duérmete, puro vicio. Vente sobrio. Ya sabes que pedo no cuenta. Pedo no cuenta.

—Ah, qué pinche diablo tan joto. Diuna vez. No me rajo. No aseguran que los niños y los borrachos dicen siempre la verdad. Pinche viejo cascarrabias.

11

—Next.

—Buenas noches.

—Ah, eres tú, Paulino. ¿Cómo vienes?

—Fresquecito. Sobrio. Acabadito de bañar.

—Ora sí, ¿cuál es tu asunto?

—Vengo a malbaratarle una yegua por un par de botas de piel de Biblia Vaquera.

—No me interesa. Siguiente.

—Pero es de alcurnia. Pura sangre. Mírele la arrogancia.

—Sí, se ve, el penco es de sangre azul, pero no tengo buena mano con los animales y las plantas. Se me va a perecer.

—Entonces le ofrendo mi alma.

—Tampoco me interesa.

—Los derechos de autor de todas mis canciones.

—Soy innorteñible. No me gustan los corridos ni la música norteña.

—No almaceno más. No tengo otros privilegios que inducirle.

—Sí tienes: tu mujer.

—Tas orate tú, compa. Si mi vieja se entera de que ando traficando con su alma, me carga la puritita chingada.

—No me interesa su alma. Sólo quiero acostarme con ella una vez.

—No tienes remedio tú, bato. Tas retorcido. No aceptaría. Primero me mata.

—Insístele. Hasta que la convenzas.

—Ni te creas. Si se lo embarro, lo mínimo que se me diagnostica es que de ojete y culero no me va a bajar el resto de nuestras vidas.

12 Anda cruzado el pelao

Obra en un acto

Personajes: El diablo y El Viejo Paulino

Camino en el campo, con árbol.
Anochecer.
Paulino, sentado en el suelo, está llenando un tanque.
Se esfuerza haciéndolo con ambas manos, fatigosamente.
Se detiene, agotado, descansa, jadea, suelta el aire.
Repite los mismos gestos.

Entra El diablo (el público aplaude).

El diablo: Epa. Para ser alguien acostumbrao al perico y la mota, ya estás bien arreglao, Paulino. ¿Te cruzaste, o qué?
Paulino: Mejor ¿o qué?

El diablo: Te ves cansado, mi Estilos. ¿Qué te aflige, Viejo?
Paulino: Mi mujer.
El diablo: Ah, qué Paulino. Se te derrama la tonada. Con esas piernas tu mujer aflige a cualquiera.
Paulino: Incluido tú. El mismísimo Satanás. El menos clandestino de los clientes de las salas de masajes.
El diablo: Incluso a mí.
Paulino: ¿Nos fumamos otro churro de mota?
El diablo: Pos luego. Para estabilizarnos. Y aparte de esta yerba, ¿cuál te está intoxicando, pelao?
Paulino: Mi mujer, que anda de subversiva. Encima de que no concede a revolcarse contigo, me soltó que quiere estirarse al baile de Valentín Elizalde. Yo no la voy a llevar. Me entran ganas de involucrarle una yombina. A ver si se da una calentadita y me hago de las botas.
El diablo: Yo coopero con una receta más fácil. Vamos a afortunar una farsa: me auspicias en tu casa a medirnos al pócar. Apostamos tu dinero y lo pierdes. Todos tus bienes y los pierdes. Al final nos jugamos el acostón con tu mujer y pierdes.
Paulino: No creo que acepte. No es muy devota de la baraja.
El diablo: Tú le indicas que los voy a despojar de todo. Que si consiente, les reconsideraré la deuda. Que afloje y no los echo a la calle.

13

—¿Ónde fue?

—En la cantina de la Mole.

—Ay, Paulino. Si se te va la tonada, pa qué apuestas.

—¿Entonces qué, mi alma?

—No Paulino. Yo no soy elaboración de corrido. A mí no me vas a entesorar con niun tahúr.

—Pero si usté se aprieta no volveremos nunca a conquistar una cena en El Rey del Cabrito. Nomás una nochecita, mi alma. Es buena persona.

—Decente que fuera. ¿Tú crees que estoy pa que me promuevas a intercambio como si fuera cacahuates?

—Con eso quedaría cubierta la deuda. Hasta me saldría debiendo el güey.

—Paulino, dime la verdá. ¿Cuánto perdiste?

—Todo.

—¿También el Nacimiento?

—También esos pinches monos de yeso.

—Porcelana, son de porcelana.

—De lo que sean. Tan reojetes, pinches monos.

—Tas enfermo, Paulino. Me niego a acostarme con un desconocido pa enderezar tu regazón. Me largo. Me voy a casa de mi mamá. Quiero el divorcio.

—¿Y qué ganas? No tengo nada. Ni el rancho ni los derechos de las canciones ni mis canas. En cambio, si te apaciguaras y te despilfarras tantito con el tahúr, aquí no ha pasado nada.

—Paulino, dime la verdá. ¿Cuánto perdiste?

—Todo. Hasta la mugre de las uñas.

—Bueno. Está bien. Voy a dar mi brazo a torcer. Conste que sólo lo hago pa no quedarnos en la pobreza. Las cosas van a cambiar mucho en esta casa, Paulino. Pero dile al señor ese que no es seguro que le voy a emprestar mi cuerpo. Déjale muy claro que sólo le voy a aceptar una invitación al baile de Valentín Elizalde. Luego ya veremos.

14

—No me vengas con mamadas de película de Vicente Fernández, Paulino. Deudas de juego son deudas de honor. No seas mamón.

—Yo ya cumplí con lo pactado. Ora ste toca a ti, pendejo.

—No seas necio.

—Mi parte está hecha. Te va a acompañar al baile. De ti depende llevártela a la cama.

—Que no, Paulino. Hasta que no me afloje tu vieja no lucirás esta temporada primavera-verano botas de Biblia Vaquera. Tal fue la condición.

—La única condición que yo valido es la del norte. La condición norteña. La de todos los pelaos que cuando se involucran en acuerdos no se fruncen. Pinche diablo, pa eso me gustabas.

—Ah, qué Paulino éste. Se te va la tonada. Dando y dando. Espérate a aquellito y te amanezco las botas. Además te voy a regresar a tu mujer girita girita. Contentita. Bien atendida.

—Mira puto. Podrás ser el diablo, pero a mí me la pelas. Sin botas no hay trato. Y como me vuelvas a decir que se me va la tonada te parto tu madre.

15

—No exagere, mi alma.

—Cómo no, Paulino, si al tahúr ese le debías hasta la machaca.

—Ni tanto.

—Esto tuvo que ser intervención de un santo.

—No enfame, mi alma. Son gajos del oficio de la jugada. Se cobrará con otro.

—Ay, Paulino. Se te va la tonada en regar mantequilla. Te peló en la tirada y nos dejó sin cuacada, sin propiedades y sin corridos. Y de repente, sin argumentar nada, emprende retirada. Se marchó sin reclamar la velada. Esto tuvo que ser intervención de un santo.

—Santígüese, mi alma. Santígüese. Lo importante es que usté ya no tiene que promocionarle nada al tahúr. Ni a ése ni a niuno.

—Paulino.

—¿Eu?

—¿Entonces, ya no voy a ir al baile de Valentín Elizalde?

—Pos no.

—Paulino.

—¿Eu?

—Llévame.

—No, ni madres. ¿Yo qué chingaos voy a andar en un baile del maricón ese?

—Ay Paulino. Dame permiso pues.

—No.

—Órale, no voy sola. Que me custodie mi hermana. Ándale. Por qué no quieres. No me va a pasar nada.

—Usté cómo sabe, mi alma. No. Le prohíbo que se interfiera en el baile. Temo por usté. El diablo onde quiera anda.

16

—El Gran Marquís.

—¿En cuál?

—En el Gran Marquís.

—No. Vámonos en la troca.

—Por qué.

—Nos va a sospechar. Cuando no vea el carro gris, sabrá que nos apuntamos al baile. Mejor en taxi.

—Ay, hermana, ya estás como Paulino. Se te va la tonada. El que nada fuma, no alucina. Si pedimos taxi, nos apropiamos de delito.

—¿Y a pie?

—Qué. Tas loca.

—Es en la Terraza Riviera. Está aquí cerquita.

—No. Nos trepamos en el Marquís y a tupirle al taconazo.

—Tengo miedo. Si tu marido nos atrapa, nos alisa a cuerazos. Me madrea la cirugía. Ni los dólares que me dejé en Jiuston.

—No seas panchenta. No se va a enterar. No creo que Paulino se entosque tanto si nos descubre.

—¿Y si nos pasa algo?

—Qué nos va a pasar. Quién se va a fijar en dos vaqueritas entre tanta multitud.

17

—Perdóname Paulino.

—No se me apachurre, mi alma. Tranquilícese.

—El doctor dijo que no tengo que quedarme internada niun día. Las quemaduras fueron de segundo grado. Puedo recuperarme en casa.

—Usté no se atiricie. Descanse.

—Paulino. Perdóname.

—La perdono. Pero repose, repose. No se altere, mi alma.

—Yo cómo iba a saber que el gorrudo del baile traía de fuego el trazo.

—¿Cómo era el pelao?

—Normal. De botas, cinto piteao y hebilla de veinte centímetros de diámetro.

—¿Y cómo se llama?

—No sé. No me dijo su nombre. Se me acercó y me pescó pal bailongo. En la segunda pieza, me comenzó a quemar retupido el cuerpo de onde me tenía apretujada.

—Y qué siguió. ¿Por qué no pidió socorro?

—Sí lo hice. Pegué chico gritote. Eso fue después de que le mirara los pies. No eran de humano. Tenía una pata de chivo y otra de gallo.

—Ah, cabrón.

—Varios sombrerudos sacaron sus pistolas y sonaron balazos a lo macizo. Nadie supo pa ónde ganó. El chamuco sólo se apersonó para tatemarme y desapareció.

—Tranquilita, mi alma. Ya pasó.

—Paulino.

—¿Eu?

—Ora ya me puedes escribir un corrido. Salí en todos los periódicos. Antes muerta que sencilla: El diablo la sacó a bailar.

—Se lo compongo, mi alma.

—Paulino.

—¿Eu?

—Hace más rato vino un enfermero con unas botas idénticas a las que usté persigue.

—Ah sí. Las guaché en un aparador cuando venía pal hospital.

—¿Las están vendiendo otra vez?

—Ei. El encargao de la zapatería me dijo que las tan fabricando otra vez.

—¿Y por qué no se compró unas? Tanto las quería.

—Es que se me fue la tonada, mi alma. Ya sabe que se me va la tonada. Se me va la tonada.

EL DÍLER DE JUAN SALAZAR

Para Pedro Rodríguez, El Viejo Cuervo

—Los dílers sólo sirven pa una cosa: pa romperte el corazón.

—El corazón en mil pedazos.

—Ah, y pa componerles.

Juan Salazar, el exponente más aventajado del dilercorrido, miraba con terneza las luces del metro de Nueva York. Las horas mandíbulas formaron una corbata de sal en Times Square. Transcurrieron como el clima de los alacranes: destellantes de ratones, paranoicos de campo. Próxima a la soltura norteña del cantante, referenciable por el abrigo Chesterfield, el sombrero y las botas, los yonquis trapicheaban cualquier limosnita por el amor de gosh en los andenes. La heroína siempre será un amor difícil.

—Pinche güerco. Tenía finta de confiable.

—Te lo advertí Juan —dijo Herbert Huncke—. Ese dilercillo se vuelve puras charras.

Con la tenacidad que le consentía el oro en la esclava y el conjunto de terlenca, Juan Salazar, lacio lacio, tiró de jilo a su compadre y continuó conscripto al filudo capricho de los rieles.

Sin mirar a los travestis, sotol en mano, más vale, sintió un fuetazo de azul centrífugo en las corvas. Era la hangover: el síndrome de abstinencia. Pero no qüitió, siguió indiferente, como en las praderas lo hacen las palomas, a la espera de un díler que siempre está por aparecer y nunca llega.

—No va a venir, Juan. El díler no va a venir.

El intérprete de Cuatro lágrimas observó su cinturón deshacerse de las presillas de sus vaqueros y hecho víbora escapar reptando como sobre la arena de un panteón. No se ciscó. Conocía por anticipado que todas las corridas de toros y las peleas de gallos que se sucedieran adentro de la estación eran producidas por la abstinencia. El sudor propio del adicto redujo la velocidad de los vagones y se trasladó en mente a las ocasiones en que intrepidaba enloquecidos ires y venires con La Biblia Vaquera bajo el brazo en busca del díler total.

Su regresión se contaminó por las teorías de los relatos de cantina acerca de San Pedroslavia. Una tierra mágica. La droga no se termina nunca. Todo mundo es díler. La heroína es baratísima. En disolutas destemplanzas, Juan Salazar había rundado el acorde de trasladarse a México. Establecerse en San Pedroslavia y beneficiarse del libre tracaleo de heroína.

—El díler no va a venir, Juan. Aún podemos hacer el intercambio en la farmacia. Andemos antes de que nos flete la noche.

Huncke también hacía malabares con el cold turkey. Decía de la abstinencia que era como mascar un chicle sin sabor. El cuarto menguante de la malilla rápido alcanzaría los límites de la luna llena y la estación completa se poblaría para él de vampiros aztecas. Sin embargo, Juan Salazar permaneció desasido a realizar el trueque con los charlatanes farmacéuticos. La única oferta de desentenderse de la Star .380 era canjeársela al díler por treinta y cinco dosis de heroína.

Hacía un año que intentaba desarmarse. Incontables tarros de cerveza había consumido en su intento por diferirse de la pistola. Nadie la adquiría. El arma se atribuyó un carisma de mal agüero. Se desplazaba en indefinida dirección, se confirmaba al cantante norteño con una Star .380 dentro una caja de zapatos bajo el brazo. Ni en las casas de empeño pudo concebir acuerdo.

—Juan, por intromisión décima. El díler se rajó. No vendrá.

Juan, por dolécima entorpeción. El díler es un rajón. No vendrá, no vendrá, no vendrá... Las frases retambalearon en su cabeza como el tonaleo del saxo alto de su conjunto de taconazo.

—Es imposible desapropiarse de este cacharro, ¿edá?

—Y tú que la cambiaste por una máquina de escribir.

Juan Salazar Pro, connotado de que desprenderse de la pistola sería inconjeturable en Nueva York, decidió embarcarse rumbo a México. Tal vez en San Pedroslavia el deslibramiento del arma no se presentaría tan dificultoso. Total, qué más da, si San Pedroslavia resulta no ser el paraíso que profieren, sino otro engaño de los níger, puedo volver a pastar, en blanco y negro, mi condición posnorteña a las calles de Manhattan.

—Huncke. Vámonos.

—¿Y el díler, Juan?

—Me largo a México. A San Pedroslavia.

—¿Y el díler? ¿Ya no lo vamos a esperar, Juan?

—Huncke. Vámonos. Vámonos de aquí. Vámonos de aquí porque el díler no va a venir.

El díler definitivo

La única oportunidad de obtener más droga es ser la droga, estaba escrito en la pared con la caligrafía heterodoxa que brinda el uso de la grasa para zapatos El Oso. Pedro Rodríguez, un erudito de la música norteña, dormitaba en su cuartito de azotea de la calle Coahuila. Desenfadado músico de sesión, imitando la norteñez de Chet Baker, comenzó a fletarse heroína. El instrumento musical que ejecutaba era La Biblia Vaquera.

La frase sobre el muro se la había pirateado de un librito de poemas de Jack Kerouac, La heroína es para el dolor. En el tocadiscos sonaba un larga duración de Juan Salazar. Con esa voz que parece un quiebre, el oriundo de Nuevo León cantaba Luces de Nueva York. Pedro Rodríguez se resistía a matricularse como díler. En San Pedroslavia tenía el crédito vedado. La única manera de encontrarse rodeado de droga era venderla.

La aguja del tocadiscos, al cambiar de posición, le desmembró a Pedro Rodríguez el instante en que la droga endulza al cuerpo. Enseguida lo atacó el cold turkey: abrió los ojos y un contingente de perros parecidos a un titipuchal deambulaban con insistencia de postín junto a su cama. El vértigo a precipitarse del colchón lo paniqueó mucho más que el dolor de huesos. La ciencia cierta de que se lo tragarían los perros lo mantenía con las uñas afectivas a la pared.

Aterido, aproximó el rostro a la orilla del colchón. Atinó a ver que los perros correteaban. Perros rabiosos. Perros que calculaba en más de cien. Con el espanto seguro en los ojos y los ojos cerquitas al filo del camastro, Pedro Rodríguez emitió un alarido profuso y, uno a uno, los ciento diecisiete perros entraron en su pecho con contracciones que prefiguraban el espasmo. Cuando se tragó al último animal hacía noche y el disco de Juan Salazar se repetía.

Juan Salucita Salazar se instaló en San Pedroslavia en la calle de Orizaba 210-8. Huncke, que era un veterano en extradiciones acusado de ladronzuelo, que se había hospedado con Bill Garver, desdeñó la intromisión a México. Juan Salucita llegó acompasado por otro Juan, John Vollmer, un poeta beat. Yonqui también. Metrohomosexual. Concupiscente del cantante.

Para nadie era un secreto que Vollmer era puto. Ross Russell lo reveló en la biografía no autorizada del cantante, Salucita Lives. The high life and hard times of Juan (Una imploración) Salazar. Ed. Charterhouse, Nueva York, 19**. Ese aspecto de su personalidad es sintomático en los personajes míticos. Su leyenda ocupa un sitio en la inmortalidad. No deben asumirse otras lecturas en el genio de Juan Salazar, sólo la que obedece a su carácter revolucionario en el ámbito musical. Reputados críticos como Charles Delaunay, Ted Gioia, Joachim Berendt y Leonard Feather han realizado la apología de su preferencia sexual con su creatividad de improvisación norteña. La fascinación por Juan Salazar, además de su condición de jazzman internado en Camarillo, es la parábola que produce con su arte. El principal orgullo de la condición norteña es su cualidad violenta, sexista y sin sentido, casi casi hip hop. La parábola radica en el hecho de que en una sociedad machista, un puto, que bajo las botas de piel de güevo de piojo trae las uñas pintadas de rosa, sea el producto de la admiración masculina. Juan Salazar es un trasgresor del bebop norteño.

San Pedroslavia coincidió con la epistemología de los relatos de cantina. El ambiente saludable de la cuchara que calienta droga a diario propició que Juan Salazar comenzara la formación de un nuevo quinteto con músicos locales. Pero aún quedaba el problema de la pistola. No podía despedirse de ella. Se había contagiado de muina ontológica. Pero Juan Salazar ya tenía un prospecto: Pedro Rodríguez, un díler famoso por usar un cinto piteado con hebilla de hierro. Había oído que lo encontraría en el Coliseo Laguna, antiguo Palacio de los Deportes, una arena de lucha libre.

Para obtener la droga, Pedro Rodríguez tuvo que desistirse de su Biblia Vaquera. La malremató en un bazar. La arrecholaron en un rincón junto a un acordeón y un bajosexto. Invirtió el dinero en heroína, que escondía en frascos de nescafé entre los perros y la cama.

Empezó a traficarla en globos, pero era un formato demasiado costoso para los yonquis, quienes apenas si viven el día a día. La solución fueron las chinches: dosis de un solo viaje. La vendimia también reprodujo deficiencias. San Pedroslavia es la Ciudad del Vicio y cada tres casas alguien te ofrece droga. Si deseas ahorrarte la molestia, más allá existen los picaderos, donde por tan sólo veinte pesos alargas un brazo, te aplican el torniquete y los mismos dílers te inyectan. Mientras todos operaban mediante ventanitas, Pedro Rodríguez implementó el viejo sistema del burrero. Trasladar la droga a domicilio. Su clientela eran adictos que no deseaban desplazarse. Eran contados. Sin embargo, las ganancias le aseguraban que nunca le faltaría su cucharada personal.

El oficio no cambió en absoluto a Pedro Rodríguez. Era un asiduo a la lucha libre. Cada domingo asistía al Coliseo Laguna.

Era de facción ruda. Su padre había sido luchador: La Sombra Azul. Lamentaba haber perdido La Biblia Vaquera. La arena de lucha libre se la recordaba. Ahí la encontró, abandonada, estropeada, estrujada, como si un músico la hubiera pisoteado después de haber viajado con ella debajo del asiento en el metro. Al final los instrumentos, si no terminan destruidos, se empeñan o se venden para conseguir más droga.

El corrido de Guillermo Tell

—Muchas gracias. Luis Ernesto Martínez en el saxofón. El Dr. Benway en la batería. Clark-Nova en el bajosexto. Dave Tesorero en el acordeón.

—En el micrófono: Juan Salazar.

El Bunker, blues bar, estaba sobrevendido. El público no toleraba que la banda no regresara para un segundo encore. Juan Juan Juan, gritaban los carteristas, siempre de entre los entusiastas los más fervorosos. Pedro Rodríguez ocupaba un asiento de la tercera mesa. El grupo no volvería al escenario, lo supo cuando vio avanzar hacia él a un miembro de los logísticos. Se levantó para acompañarlo a los camerinos, pero el tipo del estaf le dijo Aquí no, Juan te espera en esta dirección, y le extendió un papel con las especificaciones.

Los datos en la servilleta no apuntaban hacia Orizaba 210-8. Contenían las indicaciones para llegar a la cantina El otro paraíso. El lugar era sórdido y de clientela reducida. Era un establecimiento de yonquis, con piso de tierra y mesas de madera. Al costado izquierdo se encontraba la barra. La cortina del baño estaba compuesta por largas tiras de tapas de cerillos hilvanadas. Al final, junto a la rocola, una escalera de cemento conducía a la planta alta.

Pedro Rodríguez entró a la cantina y se situó en una mesa mirando hacia el fondo del local. Sólo había tres clientes. Dos en una mesa hacían los preparativos para inyectarse. El otro cuchicheaba frente a una botella de sotol. Pasaron diez minutos y el cantinero no le ofrecía trago.

Apenas iba a levantarse a pedir una cerveza Superior cuando Juan Salazar apareció al principio de la escalera. La iluminación de la cantina cambió. El color arena se apoderó de todo, de la barra, del barman, de la corbata de Juan Salazar.

Comenzó a bajar los escalones y el tiempo se hizo goma. Pedro Rodríguez percibió algo distinto en su manera de caminar. Pensó que se debía a la exagerada prudencia de su descenso, pero no. Lo confirmó en tierra uniforme. Daba pasos cuadrados. Dibujaba cuadros con las piernas al andar. Cada dos pasos cambiaba de dirección. Más que un hombre que se acercara, parecía un carro estacionándose. Además su figura se conducía indecisa. Estaba pixeleada. Sí, un Juan Salazar pixeleado se aproximaba a su mesa.

Ocupó la silla frente a él y su imagen se comportaba interferente. Parecía que estuviera perdiendo señal. La consistencia de su corbata semejaba transistores. A su espalda la cortina de la entrada, hecha de corcholatas cosidas, se movió por la entrada de un cliente. Se levantaron y procedieron hacia la planta alta. Pedro Rodríguez no recordó que el cantante pronunciara una sola palabra.

En el cuartito los esperaba John Vollmer. En un rincón había una Biblia Vaquera. Pedro Rodríguez la sacó del estuche y empezó a tocar una polka. Se detuvo para presentar el nuevo álbum. John Vollmer le preguntó desde cuándo la tocaba. Desde niño. Con gusto Juan lo invitaba al quinteto, lástima, están completos, pero si el muchacho falla, lo contratamos. Preparó la droga y los tres se picaron.

Cuando la intensidad de la heroína comenzó a desvanecerse, John Vollmer y Juan Salazar se pusieron a coger. Pedro Rodríguez continuó recostado en un sillón individual. Por su posición no podía verlos, sólo los oía gemir. Se asomó bajo el sillón y los vio. Vio a los perros. Estaban ahí. No puede ser. No tengo cold turkey. Éste no es mi cuarto. Se agachó otra vez y reconoció su cama, la frase escrita en la pared. Los perros organizaban una corretiza.

Cuando los amantes terminaron de coger, los perros se apoderaron de Pedro Rodríguez.

—Es hora de la rutina Guillermo Tell.

El departamento donde Juan Salazar se desabotonaba el saco quedaba en el edificio Monterrey. La reunión era para celebrar la grabación que habían hecho de Mi último refugio acompañados por un conjunto de cuerdas. Los chicos de la banda, los ingenieros de sonido y un marqués, que se rumoraba andaba tras los güesos del cantante, brindaban con sotol de Torrecillas.

—Es hora del numerito Guillermo Tell —repitió Juan Salazar.

Andaba borracho, y todo norteño enamorado lo primero que se empeña en demostrar al embriagarse es lo buen tirador que es. Dejó el saco sobre el sofá, se arremangó la camisa, se desanudó la corbata y le zafó el seguro a la Star .380. John Vollmer levantó un vaso medio lleno de sotol y se lo colocó coquetamente sobre la cabeza. El cantante agarró distancia de más o menos tres metros y le apuntó.

Jaló del gatillo y sonó el disparo. Ambos, el vaso y John Vollmer cayeron al piso. Girando en círculos concéntricos encima del azul de los mosaicos se anunció el vaso, intacto. Un charco de sangre se sugirió alrededor de la frente de John Vollmer. Juan Salazar, lágrimas en el rostro, se agachó sobre su amante. Juanito, Juanito, háblame, háblame, no te mueras, Juanito, no te mueras. El juego fracasó. John Vollmer había muerto. Resplandecía el balazo en su frente.

Pedro Rodríguez despertó con medio cuerpo salido de las cobijas. No había perros en el cuarto. El sol marcaba las doce del día. La hora del Bótanus. Gracias plenas. El apapacho del desierto se dejaba sentir por ai de los cuarenta y dos grados centígrados, a la sombra.

Inapropiado, pero sintió deseos de comer. Con la visión nublada, el pelo revuelto y temblor en cada mano, realizó un cateo al refrigerador. Lo primero que tragó fue un frasco de mayonesa. Sin revisarle la fecha de caducidad, sin saber desde cuándo estaba ahí, se lo empujó inconscientemente con un dedo. Luego destapó un recipiente con sardinas Brunswick que por su olor se deducía de un añejamiento superior a las cuatro semanas. Continuó con un frasco de salsa Valentina. Fondo fondo fondo. De postre, se deleitó con una pomada para las heridas que descubrió en el congelador.

Aún con apetito, se enfiló rumbo al baño, para seguirse con la vaselina, pero el frío que sentía se lo impidió. Tembleque, cerró los ojos y se engarruñó pegado a la pared. Una cobija, gritó. Échenme una cobija. Los gritos eran inútiles. No había nadie en el cuarto que le comunicara una protección. Sólo él y los cuarenta y dos grados. Una cobija, que me estoy muriendo de frío. Una cobija, pinches perros. Así, tembloroso y desnudo, se quedó dormido. Ni quién lo ayudara, ni siquiera él podía taparse, yacía muy lejos de la cama.

Con la caja de zapatos bajo el brazo, Juan Salazar entró en el edificio. Timbró en el cuarto de azotea. Pedro Rodríguez abrió la puerta erupcionado. Su cuerpo era un montonal de ronchas. Escocía.

—Pedro.

—Dígame, Juan.

—Necesito dos gramos de heroína. Pero no tengo dinero pa pagarle.

—Juan, usted sabe, el negocio...

—Traigo esto —le mostró la Star .380.

—Así la cosa cambia. Con ese carro, pa qué quiero diligencia.

Le entregó la pistola aún caliente, por el disparo que había liquidado a John Vollmer, envuelta en un pañuelo y se alejó con la droga por el sucio bulevar. Pedro Rodríguez se quedó a rascarse en su cuarto. Era tan intensa la comezón que durante toda la madrugada el único sonido que se oyó en la calle fue el de sus uñas enfrentándose con su piel.

La Biblia Vaquera

En la delegación, el comisario amonestó a dos de sus agentes por negarse a proceder.

—Cómo está eso de que se resisten a arrestar a Pedro Rodríguez.

—Hemos oído historias, comisario.

—Carajo.

—Dicen que es un nahual.

—¿Qué es eso?

—Un brujo. Un indio brujo capaz de transformarse en pájaro, burbuja, fuego, coyote o lo que quiera.

—Ésos son cuentos de gente ignorante. ¿Creen que esto es una película? Pedro Rodríguez no es más que un díler insignificante.

—Dicen que lo han visto disparar con una Biblia Vaquera.

—No sean ridículos. ¿Una Biblia Vaquera? ¿Y qué, para picar cebolla utiliza una guitarra?

—Mi comisario...

—Mi comisario, una chingada. Ustedes se me largan y me consiguen a ese pendejo como sea.

—No me haga perder la paciencia y confiese, señor Juan Salazar, qué hizo con el arma con la que mató a su amante —preguntó el comisario.

—Ya se lo dije, se la di a Pedro Rodríguez.

—Por última vez, señor Juan Salazar, ¿conoce usted el paradero de Pedro Rodríguez?

Juan Salazar sólo permaneció detenido trece días en Lecumberri. Salió en libertad bajo fianza. El litigio costó 2 312 dólares. El abogado Bernabé Jurado cobró 2 300 por sus servicios, de los cuales 300 sirvieron para sobornar a los peritos en balística. Al no encontrar el instrumento homicida, para evitar que el proceso se retrasara, Jurado suplantó la Star .380 por una Smith & Wess. La payasada Guillermo Tell fue desmentida. La versión presentada a la corte aclaraba que Juan Salazar se encontraba limpiando su pistola. Accidentalmente ésta cayó al piso y se disparó. La bala se incrustó en la frente de la víctima de manera no premeditada.

John Vollmer fue sepultado en la fosa 1018 A-NEW del Panteón Americano.

Pedro Rodríguez oía un blues en su viejo tocadiscos cuando tocaron el timbre de su cuarto de azotea. Pensó en la policía, pensó en los perros y pensó en Juan Salazar. Con la jeringa colgada del brazo, se levantó a abrir. No era nadie. Y antes de que apareciera un yanqui con un calentón importado, obstinado en que se lo intercambiara por droga, agarró la Star .380 y salió a la calle.

Llegó al Coliseo Laguna en la segunda pelea. Esa noche se enfrentaban máscara vs. cabellera, El Hijo del Santo y el Espanto Jr. Compró unas semillas y pidió una Victoria. En la semifinal de superlujo, luego de cuatro cervezas, vio a un antinarcóticos de guardia en el acceso al baño de hombres. Otro custodiaba la puerta y el tercero inspeccionaba la localidad de ring general.

Con la pistola entre la cintura y el pantalón, se encaminó hacia el camerino de los rudos. Un cuarto oficial lo interceptó. Entre todos lo revisaron, pero no le encontraron el arma. En su lugar, ridículamente metida en el pantalón y mal disimulada, le hallaron una Biblia Vaquera. Después de registrar el cuartito de azotea y pasearlo en un viejo Dodge durante dos horas con la cabeza entre las rodillas, Pedro Rodríguez no reveló el paradero de la Star .380. Tampoco supo explicar cómo había obtenido La Biblia Vaquera. Esposado, lo ingresaron a la delegación. La pistola nunca apareció.

La calentadita terminó a las cinco de la tarde. Desde las once de la mañana, dos mantecas lo torturaron para que aflojara prenda respecto al escondite de la pistola. Desconcertados por la terquedad de mantenerse pulcro, lo depositaron en su celda para que después de un descanso y una breve charla, recuperara el dolor, para que no dejara de hacérsele costumbre, no lo fuera a extrañar.

A las siete le participaron la cena. Ya había oscurecido por la modificación del horario de verano. De la plaza principal le llegaba una música de banda. Al día siguiente lo trasladarían a Lecumberri. El agotamiento padecido por la tortura lo obligó a dormirse con la vista fija en la pared.

Un relajo dentro de la celda lo despertó. Mientras dormía, soñó con saxofones: tenores, altos, sopranos. Imaginó que la banda seguía con su jolgorio, hasta creyó oír La Marcha de los Santos. El escándalo dentro de la celda no lo dejaba concentrase en la melodía. Supuso que los mantecas volvían para repetirle la dosis. Qué esperan, se preguntó. Pero no eran ellos. Recordó a los perros. Estaba convencido de que eran los perros, pero se resistía a mirarlos.

Continuó con el rostro hacia el muro de la prisión. Una voz dentro de su cabeza le habló y sintió miedo. La voz le dijo: Ai tán otra vez ésos. Por el desmadre se presumía que los perros andaban jugueteando. La voz repitió: Ai tan otra vez ésos, no entienden, los cabrones. Pedro Rodríguez giró para observarlos. No eran perros, eran hombres, y estaban reunidos todos en círculo como un grupo de muchachos que patean un balón de fuego en una esquina. Se levantó del camastro y se colocó en medio de la rueda. Como si le hablara a la voz en su interior, dijo:

—Cómo les voy a tener miedo, si forman parte de mí —y los ciento diecisiete hombres empezaron a entrar en él mientras soltaba un largo alarido.

Los dos policías de guardia se despertaron con los gritotes.

—Ándale tú, el de la nueva ya hizo su acto. Córrele, no se nos vaya a ahorcar.

Pero los de turno, al asomarse entre los barrotes, no vieron al preso. El candado permanecía sin burlar. Lo único que contenía la celda era una víbora que como cinto vaquero refulgía.

—Mira, pareja. Una víbora.

—Mátala, mátala. Dispárale zonzo. Es de las chirrioneras. Ésas anidan en las casas.

Sacaron sus armas y abrieron fuego contra la víbora que reptaba y se retorcía, se retorcía y reptaba, reptaba y se retorcía. Cuando la sintieron bien muerta, abrieron la puerta y ni rastro de la alimaña. En su lugar sólo hallaron un cinto piteado aporreado a balazos.

EPÍLOGO

Emilio dice a La Biblia Vaquera, hoy te das por despedida. Con la parte que te toca, tú puedes rehacer tu vida. Yo me voy pa San Francisco, con la dueña de mi vida. Se oyeron cuatro balazos, La Biblia Vaquera a Emilio mataba. La policía sólo halló una pistola tirada. Del dinero y de La Biblia Vaquera nunca más se supo nada.

EPÍLOGO (II)

Después ella me dijo, ya de madrugada:

—Eres una calamidad, Viejo Paulino. No eres nada cariñoso. ¿Sabes quién sí era amoroso con una?

—¿Quién?

—La Biblia Vaquera. Él sí sabía hacer el amor.